FANTASY

UNTER DER DUNKLEN SONNE

1. Die Gladiatoren von Tyr (24573)
2. Der Speer der Rache (24574)

In Vorbereitung:

3. Die scharlachrote Legion (24575)

FANTASY

TROY DENNING

DER SPEER DER RACHE

UNTER DER DUNKLEN SONNE 2

Aus dem Amerikanischen
von Karin König

GOLDMANN VERLAG

Das Buch erschien im Original unter dem Titel
»Dark Sun TM/The Verdant Passage,
Prism Pentad, Book One, Chapters 10–17«
bei TSR, Inc., Lake Geneva, WI, USA

Deutsche Erstveröffentlichung

Umwelthinweis:
Alle bedruckten Materialien dieses Taschenbuches
sind chlorfrei und umweltschonend.
Das Papier enthält Recycling-Anteile.

Der Goldmann Verlag
ist ein Unternehmen der Verlagsgruppe Bertelsmann

Made in Germany · 1. Auflage · 9/93

Published in the Federal Republic of Germany
by Wilhelm Goldmann Verlag, München
Umschlaggestaltung: Design Team München
Umschlagillustration: Schlück/Brom, Garbsen
Satz: IBV Satz- und Datentechnik GmbH, Berlin
Druck: Elsnerdruck, Berlin
Verlagsnummer: 24574
SN · Redaktion: Antje Hohenstein
Herstellung: Peter Papenbrok
ISBN 3-442-24574-5

Für Andria,
für ihre Hilfe und
Ermutigung

Region › Tal von Tyr ‹
0 KM 25
Waldgürtel
Klingende Berge
Ländereien der Asticles
Ländereien der Mericl
Tyr
Tal von Tyr
Eisen-Mine

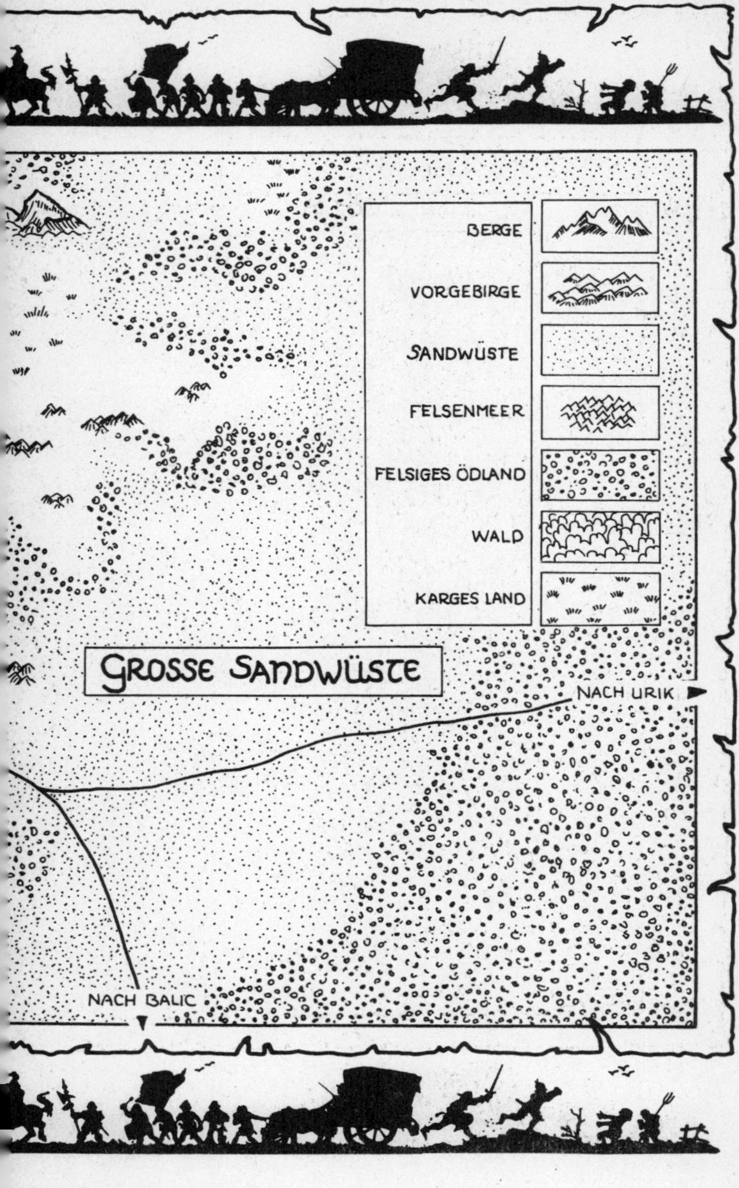
BERGE
VORGEBIRGE
SANDWÜSTE
FELSENMEER
FELSIGES ÖDLAND
WALD
KARGES LAND
GROSSE SANDWÜSTE
NACH URIK
NACH BALIC

Zinntore

Sadira stand unter einem Säulengang Tyrs Gladiatorenarena gegenüber. Die hohen Mauern des riesigen Gebildes wurden von vier Ebenen von Marmorbögen getragen, von denen Tunnel ins Stadion führten. Obwohl die karmesinrote Sonne gerade erst aufgegangen war, waren diese Zugänge bereits von Sklaven bevölkert, die die Spiele vorbereiteten und die Steine reinigten. Aus dem Durchgang dröhnte schrill und scharf das Quietschen der Flaschenzüge und ein ständiger Lärm von Hämmern.

»Kannst du mir nicht wenigstens sagen, was das soll?« fragte Agis. Er stand mit seinem Diener Caro neben Sadira. »Der Gedanke, daß ich mein Leben nur dafür riskiere, irgend etwas auszuspähen, würde mir nicht sehr gefallen.«

Die Zauberin schüttelte den Kopf und ließ dann Wellen rosenroten Lichts durch die Luft tanzen. »Wir arbeiten nicht so«, sagte sie starr. Obwohl ihre Feststellung eigentlich stimmte, hatte sie das anders gemeint. Die Allianz hatte sie nicht ermächtigt, mit dem Adligen in Verbindung zu treten. Agis um Hilfe zu bitten war Sadiras eigene Idee gewesen. »Wenn Ihr Tithian nicht davon überzeugen könnt zu tun, um was Ihr ihn bitten sollt, dann ist es besser, wenn Ihr nicht zuviel wißt.«

Caro fragte im Namen seines Herrn: »Besser für wen?«

»Besser für die Verschleierte Allianz«, erwiderte Sadira. »Wenn Fürst Tithian erkennt, daß Agis ihn über den Weg des Unsichtbaren zu beeinflussen versucht, wird es nichts geben, was deinen Herrn retten könnte.« Der runzlige Zwerg schaute zu Agis hoch und wölbte seine haarlosen Brauen gegen die rötlichen Strahlen der Morgensonne. »Ihr verdient zu wissen, wofür Ihr Euer Leben riskiert«, erklärte Caro, wobei er Sadira einen spöttischen Blick zuwarf. »Sie hält Euch zum Narren.«

»Agis hat gesagt, er wolle dem Widerstand helfen«, erwiderte die Halbelfin. »Jetzt hat er die Chance.«

Der Zwerg schüttelte den Kopf. »Du solltest uns sagen, warum...«

»Das reicht, Caro«, unterbrach Agis ihn. »Ich bin derjenige, der hier etwas riskiert. Wenn ich den Grund dafür nicht wissen muß, dann brauchst du ihn auch nicht zu kennen.«

Caro sah Agis an, sagte aber nichts mehr.

Sadira nahm die Hand des Adligen und drückte sie herzlich. »Seid vorsichtig. Wenn Ihr zurückkommt, dann bleibt auf keinen Fall stehen, um mit uns zu sprechen. Geht die Straße sechs Blocks weit hinab und wartet dort auf uns. Wenn ich sicher bin, daß niemand Euch gefolgt ist, werden wir Euch treffen.«

Agis lächelte. »Ihr seid sehr bedacht, nicht wahr?« Ohne eine Antwort abzuwarten, ging er über die Straße.

Sadira schaute ihm nach und hoffte, daß sie keinen Fehler beging. Vor zwei Tagen, als Agis ihr die Freiheit gegeben hatte, hatte sie befürchtet, daß die Großzügigkeit des Adligen ein Komplott der Templer sein könnte, um die Gesellschaft ausfindig zu machen. Anstatt Kontakt mit ihr aufzunehmen, hatte sie sich ein Zimmer genommen und die ganze Nacht darauf gewartet, daß die Wächter des Hexerkönigs die Tür einbrechen würden.

Sadira hatte den nächsten Tag damit verbracht, sich mißtrauisch umzusehen, Unterhaltungen mit völlig Fremden anzufangen und sich in die Hintereingänge unzähliger Geschäfte und Wirtshäuser zu stehlen. Die ganze Zeit über hatte sie aufmerksam nach Templern oder jemand anderem, der ihr vielleicht folgen würde, Ausschau gehalten, aber sie hatte niemanden gesehen. Schließlich war sie zu dem Schluß gekommen, daß Agis' Angebot ernst gemeint war.

In diesem Moment hatte die Zauberin ihre schwerste Entscheidung getroffen: nicht zu der Verschleierten Allianz zurückzukehren. Ktandeo hätte sie sofort aus der Stadt getrieben und keinen weiteren Gedanken an Rikus oder daran, den Mul davon zu überzeugen, daß er Kalak töten sollte, verschwendet, und daher hatte Sadira beschlossen, das Hilfsangebot des Senators anzunehmen. Die Zauberin war im Namen der Allianz an den Adligen herangetreten und hatte gehofft, daß ihm seine Stellung dabei behilflich sein könnte, ein sicheres Treffen zwischen ihr und Rikus zu arrangieren. Leider hatte sie bald erkennen müssen, daß sogar Agis kein Treffen organisieren konnte, ohne es zu riskieren, daß Tithian darauf aufmerksam wurde, was vor sich ging. Dennoch hatte Sadira ihn gebeten, es zu versuchen. Wenn sie nicht mit Rikus sprechen könnte, war der Plan der Allianz, Kalak zu ermorden, ohnehin zum Scheitern verurteilt.

Auf der anderen Seite der Straße blieb Agis vor einem Eingang zum Stadion stehen. Ein mürrischer Templer hielt den Adligen am offenen Tor mit einem Schwert mit Stahlklinge auf. »Ihr habt keinen Zutritt«, sagte der Mann gleichgültig.

»Ich bin Agis von Asticles«, erwiderte der Adlige.

»Und?«

»Tithian... hem, der Hochtempler der Werkstätten des Königs... hat mich gebeten, ihn heute hier zu treffen.«

Das Stirnrunzeln des Templers vertiefte sich. »Warum habt Ihr das nicht gleich gesagt?« fragte er und trat beiseite. Der Mann wandte sich um und rief über die Schulter: »Das ist er.«

Ein weiterer Templer, dieses Mal eine Frau von Mitte dreißig, trat aus den Schatten hervor. »Hier entlang«, befahl sie und winkte ihn vorwärts.

Agis trat unter dem Bogen hindurch und wurde einen Moment von dem starken Kontrast zwischen dem Morgenlicht und dem schattigen Stadion geblendet. Der Geruch brennender Holzkohle hing schwer in der Luft, und das Geräusch der Hämmer dröhnte durch die Steingänge hindurch, die sich zu beiden Seiten des Ganges öffneten.

»Ich sagte, hier entlang«, wiederholte die Templerin, packte Agis am Arm und zog ihn grob vorwärts.

Sie kamen auf einer mit Pflastersteinen ausgelegten Plattform heraus, die an einer Seite des Stadions entlangführte. Tief unter der Plattform breitete sich eine große Fläche sandigen Untergrunds aus, die zu überqueren sogar einen Mul eine halbe Minute gekostet hätte. An einem Ende der Fläche stand Kalaks riesiger Palast mit seiner großen Galerie, die die Arena weit überragte. Am anderen Ende ragte die regenbogenfarbene Zikkurat empor, die noch immer von einem Netz von Seilen bedeckt und von einem Heer von Sklaven belagert war.

Unter der Plattform stiegen Reihen um Reihen Steinbänke zu dem sandigen Arenaboden hinab. Hinter Agis erhoben sich die Haupttribünen, die von einer riesigen Galerie überragt wurden. Obwohl der Senator Wettkämpfe nicht mochte, die in diesem Stadion durchgeführt wurden, mußte er doch zugeben, daß das Bauwerk selbst ein bedeutendes Meisterwerk der Architektur war.

Agis' Führerin geleitete ihn die Plattform entlang und umging mehrere große Kohlepfannen, die mit glühender Holzkohle gefüllt waren. Schwitzende Schmiede erhitzten Zinnbarren über den Kohlen, während andere daran arbeiteten, das leichte Metall zu dünnen Blechen zu hämmern.

Unmittelbar hinter den Schmieden blieb die Templerin stehen und winkte Agis, einen der Gänge, die wieder auf die Straße zurückführten, zu betreten. »Der Hochtempler wird Euch dort drinnen treffen.«

Agis betrat den dunklen Gang. Obwohl er die Silhouette eines Templerwächters vor dem Licht von der Straße ausmachen konnte, war von Tithian nichts zu sehen. Zu beiden Seiten des schmalen Tunnels stieg eine Treppe in die inneren Bereiche des Stadions hinauf, die unter den Haupttribünen verborgen blieben. Diese Treppen rollte ein solcher Lärm vom Hämmern und Peitschenknallen herab, daß seine Ohren zu klingen begannen.

Agis ging auf den Wächter zu und dachte, daß der Templer vielleicht wußte, wo Tithian war.

Das Hämmern verstummte. Ein gedämpfter Befehl erklang auf der Treppe zu seiner Linken, und dann rollte das Rasseln von Ketten durch die Gänge. Der Templer am Ende des Ganges sprang auf die Straße, wobei er nur knapp von einem großen Tor verfehlt wurde, das aus der Decke hervorkam und mit ohrenbetäubendem Dröhnen zu Boden fiel.

Agis sah sich plötzlich auf eine verzerrte, silbrige Reflexion seiner selbst starren. Er trat an das Tor. Es war so massiv wie eine Mauer, und seine gesamte Oberfläche war mit einer Schicht Zinn überzogen. Die Bleche waren so sorgfältig aneinandergelegt worden, daß Agis nicht einmal die Spitze seines Dolches in einen der Zwischenräume hätte stecken können.

Der Adlige hörte Schritte auf der Treppe hinter sich. Er wandte sich gerade rechtzeitig um, um zu sehen, wie Tithian eine kleine Gruppe Templer in den Tunnel führte. Die kleinen Augen des Hochtemplers glühten vor Vergnügen, und seine knochigen Gesichtszüge schienen ungewöhnlich heiter.

Als er Agis erblickte, lächelte Tithian breit und streckte zur Begrüßung seine Arme aus. »Mein Freund!«

Der Hochtempler trat vor und legte seine Hände auf Agis' Schultern. Anstatt den Adligen jedoch zu umarmen, drehte ihn Tithian zu dem zinnüberzogenen Tor um. »Was denkst du?« fragte er. »Das sollte sie davon abhalten, es abbrennen zu wollen, nicht wahr?«

Agis nickte. »Ich denke, das sollte es«, sagte er. »Wen versucht ihr draußen zu halten?«

»Drinnen«, verbesserte Tithian. Hinter dem Hochtempler klappten die Münder mehrerer Untergebener auf. »Wenn wir versuchen würden, jemanden draußen zu halten, würden wir das Zinn dann nicht draußen anbringen?«

»Hoher!« murmelte ein untergeordneter Templer, »ist es klug, einem Adligen das alles zu sagen?«

Tithian fuhr wütend zu dem Mann herum. »Ich entscheide, was klug ist und was nicht, Orel«, knurrte er und legte seinen Arm um Agis' Schulter. »Mein Freund ist dem König genauso treu ergeben wie ich.«

Agis konnte nicht umhin, über die Ironie dieser Feststellung zu lächeln.

Tithian bedeutete seinen Templern, die Treppe wieder hinaufzusteigen. »Geht und sagt ihnen, daß sie das Tor wieder zurückziehen sollen. Agis und ich wollen uns unterhalten.«

Nachdem die Templer gegangen waren, sagte Agis: »Danke, daß du dich mit mir triffst, Tithian.«

»Es ist mir ein Vergnügen, alter Freund«, erwiderte der Hochtempler und führte ihn auf die Plattform zu. »Was kann ich für dich tun? Unser letztes Treffen war nicht sehr erfreulich, und ich würde das gern wiedergutmachen.«

Agis zwang sich zu lächeln, denn die Erinnerung daran, daß er seine Sklaven verloren hatte, sandte eine Woge des Zorns durch seinen Körper. Statt dessen dachte er an zwei Jungen – an sich selbst und Tithian vor drei Jahrzehnten –, wie sie an einem heißen Nachmittag durch die Farofelder seines Vaters streiften. Er schaute dem anderen Mann gerade in die Augen und sandte seine Gedanken langsam seinem Geist zu, wobei er ihn behutsam auf einen Durchlaß hin überprüfte, der es ihm ermöglichen würde, in Tithians Kopf zu schlüpfen, ohne den Hochtempler auf seine Anwesenheit aufmerksam zu machen.

Der Adlige hatte seinen Angriff sorgfältig gewählt und ihm die Form einer angenehmen Erinnerung verliehen, die sowohl er als auch Tithian teilten. Er hoffte, daß dies als Ablenkung dienen und seine Anwesenheit verbergen konnte, während er die Gedanken des Hochtemplers in die gewünschte Richtung lenkte.

Der Schatten eines sentimentalen Lächelns erschien auf Tithians Lippen, und Agis erkannte, daß er Verbindung aufgenommen hatte. Er ließ es zunächst dabei bewenden und gab dem Geist des Hochtemplers Gelegenheit, sich an seine Anwesenheit zu gewöhnen.

»Es muß schwierig für dich sein, wenn du dich mit all deinen Pflichten auch noch um deine Ländereien kümmern mußt«, sagte Agis beiläufig.

»Es kann manchmal schwierig sein«, stimmte Tithian zu.

»Vielleicht kann ich dir helfen.«

Tithian hob eine Augenbraue. »Wie?«

In Tithians Geist bemerkte das Unterbewußtsein des Hochtemplers die Erinnerung, die Agis eingegeben hatte, und begann, eigene Einzelheiten hinzuzufügen. Das kastanienbraune Haar des jungen Tithian war plötzlich zu einem kurzen Pferdeschwanz zusammengenommen, denn er war gerade erst zwölf Jahre alt geworden und hatte damit das Recht erlangt, sich zurechtzumachen, wie er wollte. Agis' schwarzes Haar war fast bis zur Kahlköpfigkeit abgeschnitten, so kurz, wie er es nie zuvor getragen hatte, und seine Ohren standen peinlich ab.

Der süße Geruch der Faroblüten erfüllte die Nasen der beiden Jungen, denn es hatte in diesem Jahr geregnet, und jene dornigen Pflanzen brachten zumindest eine der riesigen roten Blüten hervor. Kurze Schwerter mit Obsidianklingen waren an den Hüften der Jungen zu sehen, und Armbruste lagen in ihren Händen. Auf der Jagd nach Varls schlichen sie nahe der Spitze eines sanften Hügels, der die Felder vom Bewässerungsteich trennte, durch die Büsche.

Bei dieser Erinnerung mußte Agis ein Schaudern unterdrücken. Ohne zu erkennen, wie wichtig die schuppigen Schnecken für die Gesundheit des Obstgartens waren, hatte sein Vater ihn angewiesen, sie bei jeder Gelegenheit zu jagen. Es war ein Wunder, daß überhaupt noch Bäume übriggeblieben waren, als die Ländereien schließlich in Agis' Hände gelangten.

Der junge Tithian, der nahe der Spitze des Hügels stand, ließ sich plötzlich auf den Bauch fallen und machte Agis ein Zeichen, das gleiche zu tun.

Den in dem Gladiatorenstadion stehenden Männern erschien all dies in wenigen Augenblicken. Es war der Moment, auf den Agis gewartet hatte. »Laß mich deine Felder beaufsichtigen«, sagte der Adlige zu seinem alten Freund. »Ich werde sie genauso fruchtbar machen wie die meinen.«

Gleichzeitig sandte Agis eine einzige, zwingende Botschaft in Tithians Geist: *Das ist ein weiser Vorschlag.*

Tithians Unterbewußtsein fuhr damit fort, die Erinnerung zu entrollen. Der junge Agis rief und fragte, was nicht stimme. Tithian brachte seinen Freund mit einer Geste zum Schweigen und spähte dann über die Spitze des Hügels hinweg zum Bewässerungsteich.

Hier unterschied sich Tithians Erinnerung erheblich von dem, an was Agis sich erinnern konnte. Der Adlige erinnerte sich, daß sie auf dem Bauch im Dreck gelegen hatten, während die heiße Sonne ihm eine Ewigkeit, wie es ihm schien, auf den Rücken brannte. Er hatte ein schwaches Rascheln in dem Faro vor ihnen gehört, aber er hatte nicht einmal einen kurzen Blick erhaschen können, was dieses Rascheln verursacht hatte. Agis hatte seine Armbrust gehoben und gewartet, während er sich gefragt hatte, welche Gefahr sein Freund wohl in den Feldern vor ihnen gesehen hatte.

Tithians Erinnerung war von anderer Art. In Gedanken spähte er über die Spitze des Hügels. Sein Blick war auf Agis' hübsche Schwester Tierney gerichtet, die nackt in dem Teich schwamm. Der Adlige wußte nicht, ob er bei dieser Erinnerung erzürnt oder belustigt sein sollte. In all den Jahren seit jener Zeit hatte Tithian niemals verraten, was er wirklich über die Spitze des Hügels hinweg beobachtet hatte.

Im Stadion fragte unterdessen der Hochtempler: »Und was bekommst du im Gegenzug dafür, daß du dich um meine Felder kümmerst?«

Seine Frage klang freundlich, aber auch vorsichtig. Natürlich hatte Agis nicht die Absicht, dem Hochtempler zu sagen, was er wirklich wollte, nämlich die Gelegenheit, ein Treffen zwischen Rikus und Sadira zu arrangieren.

»Hilfe von deinen Gladiatoren für einige Tage der Woche«, erwiderte er. »So freundlich es von dir war, meine Frauen und Kinder bei mir zu lassen, so können sie doch nicht die Diebe von den Feldern fernhalten. An einem oder zwei Tagen der Woche könnten einige wenige Gladiatoren genug dieser Diebe töten, um zu verhindern, daß Feldpatrouillen nötig würden. Außerdem wäre es sicherlich eine gute Übung für sie.«

Als er sich erneut Tithians Geist zuwandte, wurden die Erinnerungen wieder vertrauter, obwohl sie sich noch immer leicht von dem unterschieden, an was er selbst sich erinnern konnte.

Plötzlich eilten drei knochige Gith durch den Faro, jeder mit einem Sack voll gestohlener Nadeln in einer vierfingrigen Hand und einen riesigen Speer in der anderen. In Tithians Erinnerung sah Agis sich selbst aufspringen, seine Armbrust anlegen und den Anführer töten. Der junge Tithian reagierte langsamer, denn seine Aufmerksamkeit war bis zu dem Moment, wo er die Diebe gehört hatte, völlig von der wunderschönen jungen Frau in Anspruch genommen.

Tithian kämpfte darum, seine Armbrust bereitzumachen. Agis zog sein Schwert und stellte den zweiten Gith, der seinen Nadelsack fallenließ. Tithian schoß ungeschickt seine Waffe ab. Der Bolzen flog versehentlich genau auf den Kopf seines Freundes zu. Agis schwang sein Schwert und teilte den Schädel des Giths vom Hals aufwärts in zwei Hälften. Der Schwung riß ihn von den Füßen, und Tithians Bolzen segelte über seinen Kopf hinweg. Er traf den letzten Dieb direkt in sein hervorstehendes Auge.

Diese Erinnerung des Hochtemplers überraschte Agis. Die letzten fünfundzwanzig Jahre lang hatte der Senator geglaubt, daß sein Leben von einem gut abgepaßten und gezielten Schuß gerettet worden war. Aber Agis hatte genug Erfahrung mit dem Weg, daß diese Nichtübereinstimmungen seinen Plan nicht zunichte machen würden. Der Adlige sandte die Botschaft, die er in Tithians Kopf eingeben wollte: *Sage ja. Leihe Rikus und Neeva an Agis aus.*

Bevor sein alter Freund die Zustimmung aussprechen konnte, die der Adlige zu hören hoffte, trat eine Templerin mit einer Botschaft neben Tithian. Als sie ihrem Oberen etwas ins Ohr flüsterte, versuchte Agis, es durch seine Erinnerungen zu hören. Er hörte ein schwaches Echo der Stimme der Frau, die etwas über eine dringende Botschaft sagte. Der Gedanke verging zu schnell, als daß er ihn hätte halten können, aber er versuchte ihm auch nicht nachzuspüren. Je aktiver er wurde, desto wahrscheinlicher wurde es, daß Tithian seine Gegenwart doch noch entdeckte.

»Du wirst mich einen Moment entschuldigen müssen, mein Freund«, sagte Tithian und ging die Plattform hinab. Er sprach einige Zeit mit der Frau, wobei er einmal innehielt, um seinem Gast ein entschuldigendes Achselzucken zukommen zu lassen.

Agis wartete geduldig, wobei er seine Anwesenheit im Geist des Hochtemplers aufrechterhielt, indem er der Erinnerung langsam weitere Bilder hinzufügte: Tierney, die auf der Spitze des Hügels erschien, jetzt mit einem Vliesgewand bekleidet, und die beiden Jungen zu ihren Rettern erklärte; der junge Agis, der ihr beschrieb, wie Tithian die Gith von der Hügelspitze aus gesichtet hatte, und das unglaubliche Meisterstück der Schießkunst schilderte, das sein Leben gerettet hatte.

Die Botin sprach immer noch mit dem Hochtempler. Tithians Gesichtsausdruck zeigte zunehmend Besorgnis, aber Agis widerstand dem Drang, seine Anwesenheit im Geist seines alten Freundes auszudehnen. Es war einfach zu riskant.

Als Tithian zurückkehrte, sagte er: »Meinen Dank für dein Angebot, Agis, aber der Aufseher meiner Ländereien ist schon bei mir, seit ich die Mericlesländereien geerbt habe. Er ist natürlich nicht so gut wie du, aber ich brauche den Ertrag meines Landes nicht zu steigern. Ich bin sicher, daß du das verstehst. Es wäre eine Schande, einen treuen Gefolgsmann zu entlassen.«

Agis bemerkte, daß die Erinnerungsbilder in Tithians Geist durch eine weite Ebene stiller, weißer Leere isoliert wurden. Was auch immer die Botschaft der Frau gewesen war, so hatte sie den Templer zumindest aufmerksam gemacht, und er drängte seine Erinnerungen jetzt sorgfältig zurück. Einen Moment lang befürchtete Agis, Tithian hätte seine Anwesenheit irgendwie entdeckt, erkannte dann aber, daß es das nicht sein konnte. Wenn das geschehen wäre, würden Dutzende von Templern herbeieilen, um ihn gefangenzunehmen.

»Ich hatte nicht die Absicht, den Platz des Mannes einzunehmen«, sagte Agis. »Ich wollte ihm nur bessere Möglichkeiten aufzeigen...«

Tithian hob eine Hand, um Agis zum Schweigen zu bringen. »Er ist ziemlich empfindlich, wenn es um seine Sachkenntnis geht«, sagte der Templer, nahm Agis am Arm und ging mit ihm auf die Zikkurat zu. »Ich werde einen jungen Gladiator als Geschenk zu deinen Ländereien schicken lassen. Er soll die Diebe von deinem Land fernhalten.«

Agis suchte den Blick des Hochtemplers. »Das hat nichts mit dem Verwalter deiner Ländereien zu tun«, sagte er und änderte damit seine Taktik. »Du traust mir einfach nicht.«

Während er sprach, sandte er eine schwarze Schlange der Schuld über die leere Ebene vor seinen Erinnerungen. Bald darauf sah der Adlige einen riesigen Umriß am Horizont aufragen. Es war eine Pyramide mit abgeflachter Spitze, deren Seiten so schwarz waren wie die Nacht und so glatt wie Eis. Erschrocken erkannte Agis, daß die Pyramide etwas war, was Tithian vor kurzem gesehen hatte, etwas, was schwer auf seinem Gewissen lastete.

Glasartige, schwarze Kugeln begannen von der Pyramide herabzurollen und drohten seine Schlangenbotschaft zu zerschmettern. Vor Anstrengung mußte Agis das Gesicht verziehen, weil sein Vorgehen sehr viel Energie erforderte, und dann verlieh er seiner Schlange Flügel, und sie hob sich von der weißen Ebene empor. Einen Moment lang fragte Agis sich, ob die Lawine ein Gegenangriff von Tithian gewesen war. Als die Kugeln jedoch den Grund der Pyramide erreicht hatten, rollten sie weiter, obwohl sie ihn verfehlt hatten. Ein schwarzer Schacht tat sich in der Ebene auf, und die Kugeln rollten hinein. Agis setzte seine geflügelte Schlange in der Nähe ab und sah, daß das Loch von Obsidianplatten umsäumt war.

Ein brodelnder Schwall von Erinnerungen schoß aus dem Schacht herauf. Agis fand sich wieder, wie er in die eingesunkenen, schwarzen Augen eines kleinen, hageren Mannes mit einem goldenen Diadem starrte – Kalak. Weil er befürchtete, daß Tithian ihn in eine Falle gelockt hätte, wandte Agis seine Sonde ab und ließ ihre Flügel mit aller Kraft schlagen, obwohl die bereits nachließ.

Die Schlange begann ihn aus Tithians Geist hinauszutragen, aber der Adlige hielt inne, als Kalaks Stimme im Tonfall einer Unterhaltung sprach: »Habt Ihr den Schacht in meinem Tunnel gesehen?«

Agis lenkte seine Anwesenheit in Richtung auf die Pyramide. Er sah die welke Gestalt des Königs neben dem Obsidiangebilde stehen. Kalak ließ seine knorrigen Finger über die glasartige Oberfläche gleiten, während sein Blick auf Tithian gerichtet war, der jetzt vor ihm stand. Es war keine Falle, sondern eine weitere Erinnerung. Tithian nickte. »Ja, mein König.«

»Gut. Während der Spiele, die die Fertigstellung meiner Zikkurat feiern sollen, müßt Ihr die Obsidianpyramide über den Schacht bringen, durch den Ihr gekommen seid, aber erst, wenn der letzte Wettbewerb des Tages beginnt«, sagte Kalak. »Laßt es wie einen Teil des Spiels aussehen.«

»Was ist mit dem Thron und den Kugeln?« fragte Tithian. »Sollte ich sie auch in die Arena bringen, Mächtiger?«

»Nein!« zischte Kalak und runzelte die Stirn, als wollte er den Hochtempler töten. »Berührt nichts anderes. Die Kugeln und der Thron verbleiben bei mir!«

»Wie Ihr befehlt«, erwiderte Tithian. »Vergebt mir meine Frage. Ist da noch etwas?«

Kalak nickte. »Wenn das letzte Spiel beginnt, will ich, daß Ihr alle Tore zu meinem Stadion verschließt.«

»Bis wann?«

»Macht Euch keine Gedanken über die Öffnung...«

In der Erinnerung brach Kalak mitten im Satz ab und verblaßte. Tithian stand Agis' fliegender Schlange gegenüber, und dann hob sich die schwarze Pyramide von der weißen Ebene ab und segelte auf ihn zu. Da er jetzt vollkommen sicher war, daß der Hochtempler seine Anwesenheit bemerkt hatte, verwandelte Agis seine Schlange in einen Pfeil und schoß durch Tithians Geist wie ein Blitz.

Kurz darauf brach er den Kontakt mit dem Hochtempler ab.

»Ein Mann in meiner Position kann niemandem trauen, nicht einmal seinen besten Freunden«, sagte Tithian, der die Unterhaltung dort fortführte, wo sie kurz zuvor unterbrochen worden waren. Agis war nicht in der Verfassung, Tithians Worten zu folgen, denn er hatte sich im Geist des Templers völlig verausgabt. Er stolperte und fiel fast und spürte nur, wie sein Freund seinen Arm ergriff, um ihn davon abzuhalten, in die darunterliegenden Sitzreihen zu stürzen.

»Langsam«, sagte Tithian. »Ich möchte nicht, daß du stürzt.«

Agis blinzelte mehrere Male. »Danke für deine Besorgnis«, sagte er mit leichtem Spott. Als er nach rechts und nach links schaute, sah er keine Wachen, obwohl er erwartet hatte, daß der Hochtempler sie rufen würde. »Warum nimmst du mich nicht fest?« fragte Agis, der noch immer an der die Plattform umgebenden Mauer lehnte.

»Warum sollte ich?« fragte Tithian und lächelte Agis nachsichtig an. Der Templer zog den Adligen von der Mauer fort und wandte ihn dann vorsichtig zu der riesigen Zikkurat um. »Sage mir, Agis, was denkst du, warum läßt Kalak dieses Ding bauen?«

»Du baust es«, sagte Agis bitter, in der Erinnerung an all seine Sklaven, die der Hochtempler konfisziert hatte. »Sage du es mir.«

Tithian zuckte die Achseln. »Das würde ich, wenn ich es wüßte«, sagte er warm. »Der König hat nicht einmal mir erzählt, wofür es gedacht ist. Ich habe dir alles gesagt, was ich weiß und, ehrlich gesagt, es beunruhigt mich.«

Agis rollte seine müden Augen. »Hebe dir deinen Pathos

für jemand anderen auf«, sagte er. »Ich kenne dich besser. Das einzige Leben, um das du dir Sorgen machst, ist dein eigenes.«

»Selbst für mich ist erschreckend, was Kalaks Plan bedeuten könnte. Warum muß er vierzigtausend Leute in einem Stadion eingeschlossen halten?« konterte Tithian. »Natürlich, wenn ich nicht einer der Vierzigtausend sein würde, wäre es vielleicht weniger erschreckend, aber das ist wohl kaum wichtig. Ich bin, was das betrifft, in der gleichen Situation wie alle anderen.«

Agis runzelte die Stirn. »Was sagst du?«

Tithian hob sarkastisch eine Augenbraue. »Ich denke, du bist intelligent genug, um es herauszufinden – und wenn nicht du, dann sicherlich jene Freunde von dir, die ihre wahren Gesichter nicht in der Öffentlichkeit zeigen wollen.«

Obwohl er schockiert darüber war, daß Tithian von seinen Versuchen, Kontakt zur Verschleierten Allianz aufzunehmen, wußte, versuchte er, seine Überraschung nicht zu zeigen. »Angenommen, ich kenne jemanden, der vielleicht an Kalaks Plänen interessiert sein könnte, warum hast du mir dann die Pyramide gezeigt und warum willst du, daß die Feinde des Königs etwas darüber erfahren?«

Tithian ergriff Agis' Arm. »Ich will überleben«, sagte der Hochtempler und führte Agis auf einen Ausgang zu. »Um das zu erreichen, müssen zwei Dinge geschehen. Erstens müssen jene, die den Schleier tragen, mir sagen, warum sie ihre Amulette versteckt haben. Wenn ich das letzte nicht bald finde, wird Kalak mich töten. Zweitens müssen sie die Pläne des Königs durchkreuzen, was auch immer er für die Spiele geplant hat. Ich werde auch dort sein. Ich habe keinen Grund zu der Annahme, daß er seine Hochtempler verschonen will.«

»Und was wirst du im Gegenzug tun?«

»Alles, was ich kann, ohne mein Leben aufs Spiel setzen zu müssen«, antwortete Tithian. »Für den Anfang werde ich Sadira erlauben, mit meinem Sklaven Rikus zu sprechen – aber erst, nachdem ich die Amulette habe.«

Agis stolperte. Obwohl es ihm schwerfiel, beschloß er, nicht zu fragen, wie Tithian von Sadira wissen konnte. Offensichtlich hatte der Hochtempler einen Spion – entweder in seiner Nähe oder in den höheren Rängen der Allianz.

»Anscheinend bist du von der Anwendung deiner Kräfte noch immer erschöpft«, sagte der Hochtempler und kicherte darüber, wie mühsam Agis sich bewegte. Er blieb an dem Tor stehen, durch das der Adlige das Stadion betreten hatte. »Möchtest du für den Heimweg meine Sänfte benutzen?«

»Das soll keine Beleidigung sein«, sagte Agis, »aber ich würde lieber auf Händen und Knien kriechen, als dieses Angebot anzunehmen.«

Als der Adlige den Tunnel betrat, hielt Tithian ihn am Arm zurück. »Übrigens, es gibt eine Sache, die du bezüglich meines Vorschlags wissen solltest.«

»Was?«

»Es ist kein Waffenstillstand«, sagte Tithian und ließ den Adligen los. »Paß auf dich auf.«

Entscheidungen und Versprechungen

Die Dämmerung lag über dem Schuppen. Die Strahlen der untergehenden Sonne regneten auf das Dach aus gespannten Häuten herab und beleuchteten das Innere mit karmesinrotem Licht. Abscheuliche Wesen schritten in ihren Verschlägen auf und ab, rannten umher oder rutschten ungeduldig hin und her, wobei sie brüllten, heulten und ihre Kiefer in Erwartung des abendlichen Mahls zusammenschlugen.

»Seid ruhig da draußen!« tobte Rikus, obwohl er wußte, daß dieser Befehl nutzlos war.

Es nützt nichts, Lärm zu machen, informierte ihn der Gaj. *Die Fütterer werden deshalb nicht eher kommen.*

Ich mache mir keine Gedanken um die Fütterer, erwiderte der Mul. *Ich will einfach etwas Ruhe haben.*

Rikus saß in einer Ecke des Verschlages auf einem Polster aus Lumpen und drückte eifrig an den tiefblauen Flecken herum, die er sich zuvor während der Keulenübung mit Yarig eingehandelt hatte. Der Zwerg hatte kaum besser abgeschnitten. Ebenfalls von Kopf bis Fuß mit blauen Flecken übersät, saß er in der gegenüberliegenden Ecke des Verschlages und wickelte die Lederriemen ab, die den Kopf seines Kriegshammers am Stiel festhielten.

Der junge Templer, der Boaz' Platz eingenommen hatte, erlaubte den Gladiatoren, nachts ihre Waffen zu behalten. Er hatte erkannt, daß Kämpfer, die sich selbst um ihre Ausrüstung kümmerten, mehr Vertrauen in sie haben würden. Er wußte auch, daß die Waffen der vier Gladiatoren gegen Templer, die Tithian nach Sadiras Flucht rund um das Gelände aufgestellt hatte, von nur geringem Nutzen sein würden, wenn sie entkommen wollten, denn die Templer würden Magie einsetzen. Rikus stöhnte, als er seine Rippen untersuchte. »Hast du heute versucht mich umzubringen, Yarig?« scherzte er.

»Warum sollte ich einen Freund töten?« fragte der Zwerg, wobei sein kantiges Gesicht den üblichen ernsten Ausdruck zeigte. »Das ergibt keinen Sinn.«

»Du hast keinen Grund, dich über Yarigs Kampfstil zu beklagen«, mischte sich Neeva ein. Sie saß in der Mitte des Verschlages und benutzte ein Stück gebogenen Gehörns, um eine neue Klinge für Rikus' kurzes Schwert zu gestalten.

Als der Mul nicht antwortete, fuhr die Frau fort: »Sogar Dienstmägde kämpfen härter, als du es in letzter Zeit getan hast.« Sie preßte die Spitze des Gehörns gegen die Obsidianschneide, die sie gerade formte. Ein winziger Splitter löste sich ab und fiel auf einen Haufen ähnlicher Bruchstücke. »Wenn du deine Gedanken nicht von dieser Küchenmagd losreißen kannst, werden wir beide bei den Spielen mehr als nur ein paar blaue Flecken abbekommen.«

»Wir werden unseren Wettbewerb gewinnen«, grollte Rikus. »Mach dir darüber keine Sorgen, Neeva.«

Der Mul ließ sich auf keine weitere Diskussion ein. Er konnte nicht leugnen, daß ihn während der letzten Tage Gedanken an Sadira beschäftigt hatten. Er fühlte sich für das Schicksal der Halbelfin verantwortlich und gleichzeitig unfähig, ihr zu helfen. Diese widerstreitenden Gefühle erfüllten ihn mit Schuld und störten seine Konzentration.

Allmählich nahm Rikus wahr, daß der Lärm in dem Schuppen sich noch gesteigert hatte. Der zunehmende Tumult bedeutete normalerweise, daß die Fütterer eingetroffen waren, aber es schien dafür noch immer zu früh zu sein. Kurz darauf hörte der Mul, daß sich Stimmengemurmel näherte. Die anderen drei Gladiatoren fuhren mit ihrer Arbeit fort, aber er erhob sich und trat im selben Augenblick auf das Eisentor zu, als sechs Männer in schwarzen Soutanen in Sicht kamen. Rikus erkannte nur einen von ihnen: Fürst Tithian.

Kein Futter, Rikus, beschwerte sich der Gaj.

Die Fütterer werden später kommen, antwortete Rikus. *Hab Geduld. Laß mich mit diesen Leuten sprechen.*

Der Gaj zog sich aus Rikus' Geist zurück und blieb ruhig. »Ich vermute, daß Ihr nicht gekommen seid, um uns in unsere Zellen zurückzubringen?« fragte Rikus.

»Das kannst du doch nicht ernstlich erwarten. Das wenige, was ich für Boaz tun kann, ist, seine Strafe für euch bestehenzulassen«, erwiderte Tithian. »Allerdings bin ich gekommen, um mit dir zu sprechen. Mein neuer Lehrmeister sagte mir, daß deine Darbietungen seit Sadiras Flucht erbärmlich waren.«

»Ich bin noch immer angegriffen von dem Kampf mit Eurem Gaj«, sagte Rikus, womit er das Thema des Sklavenmädchens zu umgehen versuchte. Je weniger der Hochtempler über seine Gefühle für sie wußte, desto besser war es. »Ich werde in einem oder zwei Tagen wieder bereit sein.«

Neeva warf dem Mul einen tadelnden Blick zu, berichtigte seine Behauptung aber nicht.

»Dann bist du wahrscheinlich nicht mehr daran interessiert, zu hören, was mit dem Mädchen geschehen ist«, sagte Tithian sarkastisch.

»Natürlich bin ich das!« grollte Rikus. In dem Gefühl, seinem Gegner einen Angriffspunkt geboten zu haben, fügte er hinzu: »Ich schulde ihr eine Ehrenschuld.«

»Ehre ist eine Sache, die zumeist überbewertet wird«, sagte Tithian kalt. »Sie ist alles, was ein Sklave hat, mein Fürst«, sagte Yarig, ohne sich aus seiner Ecke hervorzubewegen. »Zu wissen, was mit Sadira geschehen ist, könnte Rikus vielleicht beim Kämpfen helfen.«

»Gut gesprochen für einen Zwerg«, erwiderte Tithian und trat vor, um in Yarigs Richtung zu spähen.

Es kam Rikus in den Sinn, daß er durch die Stäbe des Verschlages hindurchgreifen und den Hals des Hochtemplers erwischen könnte. Der Gedanke war so erfreulich, daß der Mul sich erlaubte, die Vorstellung, wie das Rückgrat seines Besitzers in seinen Händen zerbrechen würde, auszukosten, aber er machte keinerlei Anstalten, wirklich anzugreifen. Rikus wollte noch immer bei den Spielen zu Ehren der Zikkurat seine Freiheit gewinnen.

Der gefährliche Gesichtsausdruck des Mul entging Tithian nicht, und er machte einen Schritt zurück. »Meine Wächter würden dich im Handumdrehen töten.«

»Das würden sie vielleicht«, gab Rikus zu und lächelte verschlagen. »Aber vielleicht würden sie es auch nicht. Was ist denn mit Sadira geschehen?«

Der Hochtempler kicherte. »Zuerst mußt du mir sagen, was die Verschleierte Allianz mit dir vorhat.«

Rikus ließ eine Hand über seinen kahlen Schädel gleiten. »Ich wußte gar nicht, daß sie etwas mit mir vorhat«, erwiderte der Mul. Ein Bild von Sadira tauchte ungebeten in seinem Geist auf. Gab es eine Verbindung zwischen der Zauberin und der Verschleierten Allianz? »Jene, die den Schleier tragen, sind nicht diejenigen, die die Spiele festlegen«, fügte der Mul schnell hinzu.

Tithian schaute zu einem seiner Untergebenen, einem ausgemergelten jungen Mann mit hervorstehenden braunen Augen hinüber. »Sagt er die Wahrheit?«

Der junge Mann nickte. »Er wußte aber, daß sie eine Zauberin war.«

Als er erkannte, daß er hereingelegt worden war, ließ Rikus seinen Arm durch das Tor schnellen.

»Geistbeuger!« zischte der Mul und schloß seine Finger um die Soutane des erstaunten Burschen. Mit einem Ruck zog er den Jungen an das Tor heran und schlug sein Gesicht gegen die Stäbe. Als ein anderer Templer vorsprang, um ihm zu helfen, krallte Rikus seine freie Hand um den Kehlkopf des Geistbeugers. »Ich werde seine Kehle herausreißen.«

Der junge Mann begann zu zittern. »Bleibt zurück«, bat er. Nur mühsam konnte er die Worte hervorstoßen.

Yarig und Neeva traten an Rikus' Seite. Anezka blieb in den Schatten verborgen. Sie hoffte wahrscheinlich, der Bestrafung zu entgehen, die Rikus' unüberlegte Handlungsweise sicherlich nach sich ziehen würde. Die anderen Templer sahen Tithian an, der ruhig ein kleines Gefäß aus seiner Tasche zog. Es enthielt eine purpurfarbene Raupe.

»Töte ihn nicht, Rikus.«

Der Mul betrachtete den Wurm, ließ den erschreckten Templer aber dennoch nicht los. »Haltet Euren Teil des Handels ein.«

Tithian gab vor, enttäuscht zu sein. »Habe ich jemals ein Versprechen gebrochen, das ich dir gab?« Als Rikus nichts erwiderte, fuhr der Hochtempler fort: »Ich weiß nicht genau, wie, aber einer meiner Freunde hat sie gekauft. Es gibt keinen Grund, sich um sie zu sorgen. Agis von Asticles kümmert sich um seine Sklaven, wie sich die meisten Leute um ihre Kinder sorgen.«

Rikus lächelte, tätschelte dem Templer dann die Wange und schob ihn fort. »Glücklicher Junge.«

Tithian steckte sein Gefäß wieder in die Tasche und trat dann von dem Verschlag zurück. »Übrigens wird der kleine Wutanfall des Mul eine Woche mit halber Ration für euch alle nach sich ziehen.«

Anezka warf Neevas Schnitzgehörn Rikus an den Kopf. Er wehrte es ab, wobei er nur knapp verhindern konnte, ein Auge zu verlieren. Der Mul war es leid, von der stummen Halblingfrau angegriffen zu werden, aber er konnte ihre Verärgerung auch verstehen.

Sobald die Templer gegangen waren, sagte der Gaj: *Deine Frau – Sadira – ist nicht in Sicherheit, Rikus.*

Der Mul schlug mit einer schwieligen Faust gegen die Steinmauer. Er bemerkte kaum, wie das Blut aus seinen Knöcheln zu strömen begann. »Tithian hat gelogen?« fragte er laut.

Tithian hat nicht gelogen, aber er hat nur einen Teil seiner Gedanken ausgesprochen, antwortete der Gaj. *Agis hat deine Frau, aber Tithian hat einen Spion an Agis' Zufluchtsort. Er sucht nach ihren verschleierten Freunden.*

»Nach der Allianz?«

»Wovon redest du, Rikus?« fragte Neeva.

Er erklärte ihr, was der Gaj gesagt hatte.

»Sadira in der Verschleierten Allianz?« höhnte Yarig. »Das ist unmöglich.«

»Wo hat das Mädchen nur die Zauberei gelernt?« fragte Neeva. Der Zwerg kratzte sich an seinem kahlen Kopf. »Es ist unmöglich«, grollte er stur. »Das hätten wir gewußt.«

Was will Tithian mit Sadiras Freunden tun? fragte Rikus den Gaj. *Sie töten*, erwiderte der Gaj.

Rikus stieß einen Wutschrei aus und sprang auf, um die Rippen des Mekillot zu packen, die als Decke ihres Verschlages dienten. Die Anstrengung zerrte an seinen verletzten Knöcheln, aber er ließ nicht locker. Er schwang seine Beine hinauf, trat nach einer der dicken Rippen und versuchte sie zu brechen.

»Was tust du?« fragte Yarig.

»Flüchten«, ächzte Rikus.

Bevor die Fütterer kommen? fragte der Gaj skeptisch.

Der Mul trat erneut gegen die Decke.

»Was ist mit den Spielen?« fragte Yarig. »Du kannst sie nicht einfach vergessen!«

»Dies hier ist wichtiger«, keuchte Rikus, der sich wegen der Schmerzen in seiner Rippengegend krümmte.

Als er seine Beine herabsenkte, um sich auf einen weiteren Tritt vorzubereiten, legte Neeva ihren Arm um seine Taille. »Laß mich es tun«, sagte sie. »Du bist zu schwach, um auch nur durch ein Strohdach hindurchzubrechen, geschweige denn durch Mekillot-Rippen.«

»Du willst mir helfen, Sadira zu retten?« fragte Rikus erstaunt. »Würde es denn etwas ändern, wenn ich nein sagen würde?«

Als Rikus nicht antwortete, sprang Neeva hoch und packte das Gitter über ihr. »So habe ich es mir vorgestellt«, sagte sie und schwang ihre Beine auf die Decke zu. Sie zerschmetterte mit jedem Fuß eine Rippe und schuf so eine Öffnung, die so breit war wie die Schultern des Mul.

Yarig beobachtete ihre Bemühungen mit bestürztem und verletztem Blick.

Als Neeva sich wieder in die Kampfgrube fallen ließ, sagte Rikus: »Du weißt, Yarig, daß ihr beide, Anezka und du, mit uns kommen könnt. Wenn wir Sadira verständigt haben, werden wir uns einem Sklavenstamm irgendwo in der Wüste anschließen. Wir werden frei sein.«

»Frei?« echote der Zwerg. Seine Augen umwölkten sich, und Rikus konnte sehen, daß er einen inneren Kampf ausfocht.

Anezka trat an die Seite ihres Partners und ergriff seine Hand. Yarig sah die Stumme an. »Ist es das, was du willst, Anezka?« Die Halblingsfrau nickte eifrig.

Yarig schaute zu Boden und atmete einige Male tief durch. »Geh nur«, sagte er. »Ich kann nicht mit dir gehen. Ich kann es einfach nicht.«

Anezkas wilder Blick verriet ihre Enttäuschung, aber sie schüttelte den Kopf und klammerte sich an den Arm des Zwerges.

»Geh!« befahl Yarig. »Du hast keinen Grund zu bleiben.«

Doch Anezka blieb an der Seite ihres Partners.

Neeva schaute mit einem Gesichtsausdruck auf das Paar, der Mitgefühl näher kam, als Rikus es jemals bei ihr gesehen hatte. »Yarig, kannst du deine Meinung nicht ändern? Nur dieses eine Mal. Wenn du nicht gehst, wird Anezka auch nicht gehen.«

»Ich kann es nicht ändern«, antwortete Yarig. »Es steht ihr frei zu gehen, aber ich muß bei den Spielen zu Ehren der Zikkurat kämpfen. Das ist meine Bestimmung.«

»Deine Bestimmung?« fragte Neeva.

»Zwerge erwählen einen Sinn für ihr Leben«, sagte er. »Ich habe mir erwählt, bei den Spielen zu Ehren der Zikkurat zu kämpfen. Wenn ich diesen Sinn aufgebe, werde ich zu einem untoten Wesen, wenn ich sterbe.« Yarig schaute in Anezkas wilde Augen. »Geh mit Rikus und Neeva. Du bist ein Halbling, kein Zwerg. Es ist dir bestimmt, frei zu sein.«

Anezka schüttelte den Kopf und klammerte sich an Yarig.

Neeva ging über diesen wehmütigen Augenblick hinweg und wandte sich an Rikus: »Wir werden einen Plan brauchen. Da hier überall Templer lauern, können wir nicht erwarten, daß wir leicht von hier entkommen können.«

Wenn die Fütterer wieder weg sind, werde ich euch helfen, bot der Gaj an und stemmte sich gegen das Tor seines Verschlages. *Aber ihr müßt mich mitnehmen.*

»Nein«, sagte Rikus. »Wir können uns unseren Weg nicht freikämpfen, also müssen wir eine List gebrauchen. Mit dir hätten wir keine Chance.«

Ich werde uns verbergen, konterte er.

Rikus wünschte, daß der Gaj mit mehr als einer Person auf einmal kommunizieren könnte, und informierte Neeva darüber, was das Wesen wollte. Sie schüttelte den Kopf.

»Wir unternehmen dies allein«, erklärte der Mul.

Nein! Nehmt mich mit, oder ich werde den Fütterern sagen, wo ihr hingeht.

Rikus runzelte die Stirn und informierte seine Partnerin

über die Drohung, worauf sie sich mehrere Augenblicke lang ansahen. »Wir haben keine Wahl«, grollte Rikus.

»Wir brauchen einen besseren Plan«, beschwerte sich Neeva. »Es gibt keine Möglichkeit unter den zwei Monden, wie wir dieses Wesen über die Mauer bringen können.«

Wenn die Fütterer wieder weg sind, werde ich alle verbergen, wiederholte der Gaj.

»Wie?« fragte Rikus.

Vertrau mir.

»Ich vertraue dir nicht«, knurrte Rikus.

Der Gaj antwortete nicht, aber Rikus hatte eine Idee. »Eine Gruppe der Fütterer wird in den Schuppen kommen, und eine Gruppe wird hinausgehen«, sagte der Mul. »Wir werden ihren Wagen benutzen, um den Gaj aus dem Lager zu transportieren.«

Sowohl Neeva als auch Yarig lächelten. »Wenn ich nicht mit euch gehe, heißt das doch noch lange nicht, daß ich euch nicht bei der Flucht helfen kann«, sagte der Zwerg.

Neeva benutzte ihre Hände, um einen Steigbügel für Yarig zu schaffen und half ihm hoch, so daß er durch die Lücke in der Decke schlüpfen konnte. Er benutzte das Seil und die Flaschenzüge, um das Tor zu öffnen. Die vier Gladiatoren verließen ihren Verschlag und nahmen Neevas Trikal und Anezkas Keule mit. Sie belasteten sich nicht mit Rikus' Schwert oder Yarigs Kriegshammer, denn die waren beide in schlechtem Zustand.

Außerhalb des Verschlages war der Schuppen fast dunkel, und nur einige schwache Strahlen Mondlicht schienen durch das Dach aus Häuten. Der wilde Lärm der ungeduldigen Tiere tobte lauter denn je.

»Neeva und Anezka, ihr schleicht euch am Eingang vorbei und werft einen Blick nach draußen«, sagte Rikus. »Schaut, ob ihr die Templer ausmachen könnt.«

Neeva nickte, und dann gingen sie auf den Eingang zu.

Denkt an mich, forderte der Gaj. *Wenn ihr mich zurücklaßt, sage ich den Fütterern, wohin ihr gegangen seid.*

Rikus ergriff das Seil vor dem Tor des Gaj und begann zu ziehen. »Wir lassen dich nicht zurück, aber du mußt tun, was ich sage.«

Ja. Das verspreche ich.

Rikus spähte durch die Eisenstäbe. Der Gaj kauerte auf der anderen Seite des Tores. Zwei seiner Fühler waren flach an den Kopf gedrückt. An der Stelle, wo Neeva den dritten Fühler abgerissen hatte, schwankte unsicher ein neuer, kleiner Stengel. Der Gaj hatte seine Kiefer geschlossen, und seine mehrteiligen Augen schauten zu Boden.

In der Hoffnung, daß das sanfte Verhalten bedeutete, daß der Gaj so kooperativ sein würde, wie er es versprochen hatte, zog Rikus an dem Seil. Eine Woge von Schmerz schoß durch seine verletzten Rippen, so daß er aufstöhnte.

Yarig trat auf das Tor zu, um zu helfen. Bevor er die Eisenstäbe packte, spähte er zu dem Gaj hinein und befahl: »Zurück an die andere Seite!«

Das Wesen trippelte gehorsam über den Steinboden. Mit einem schweren Stöhnen half der Zwerg, das schwere Tor anzuheben.

Ohne Vorwarnung sprang der Gaj los und schoß wie ein rostbrauner Strich durch den Verschlag. Er prallte genau auf Yarig, wobei sich die mit Widerhaken versehenen Scheren um den Hals des Zwerges schlossen, bevor er schreien konnte.

Rikus ließ das Seil los. Das schwere Tor krachte auf den Rückenschild der Bestie und fing sie ab, als sie den Verschlag schon halb verlassen hatte. Ihre langen, dünnen Beine kratzten wie wild auf den Steinen des Durchgangs.

Obwohl ihn seine Rippen schmerzten, sprang Rikus auf den Kopf des Gaj zu. Blut strömte aus den Wunden an Yarigs Hals.

»Du hast gelogen!« schrie Rikus und stieß seine Faust gegen eines der Augen des Gaj.

Lügen kann nützlich sein, erwiderte der ungerührt.

Rikus schlug erneut zu und zielte auf einen Punkt hinter den drei Fühlern. Die Bestie setzte sich zur Wehr, indem sie den Gladiator mit einem Fühler schlug und einen Pfeil brennenden Schmerzes die Seite des Mul hinabsandte, wodurch sein linker Arm gelähmt wurde. Daher schlug er mit der rechten Hand zu.

Der Gaj versetzte Rikus einen Schlag ins Gesicht. Bilder eines grauen, leeren Nichts strömten durch Rikus' Geist, und er spürte, daß er stolperte. Die Bestie traf ihn mit ihrem Kiefer, so daß er durch den Gang flog.

Flüchtig sah er noch, wie der Gaj seine Fühler um Yarigs Kopf wickelte. Schmerzlich nach Atem ringend kam Rikus wieder auf die Füße.

Er hat keine Gedanken! rief der Gaj enttäuscht. *Er ist tot.* Mit einer schnellen Kopfbewegung stieß die Bestie den leblosen Körper von Yarig beiseite. Sie wandte sich Rikus zu und bewegte ihren Rückenschild dann in dem Versuch auf und ab, sich von dem Tor zu befreien.

Der Mul nahm alle Kraft zusammen und schoß auf den Gaj zu. Als dieser seine Scheren öffnete, sprang er in die Luft. Er segelte über die riesigen Kiefern hinweg und landete mit beiden Füßen mitten auf dem Kopf der Bestie. Sein Tritt brachte den Gaj aus dem Gleichgewicht und stieß ihn zurück in seinen Verschlag. Rikus warf sich zur Seite und landete auf dem Bauch, als das Tor nur wenige Zentimeter hinter ihm herabkrachte.

Rikus kroch fort und blieb dann auf dem Bauch liegen. Er konnte nicht mehr tun, als seine schmerzenden Rippen zu zwingen, den Atem einströmen zu lassen. Die Tiere in ihren Verschlägen schrien wild und gerieten durch das Getöse des Kampfes und den Geruch von Blut in Panik.

Und dann sah Rikus etwas weiter den Gang hinab Fackellicht. Anezka eilte vorbei und hielt dann inne, um ein schwarzes Bündel Stoff vor Rikus fallenzulassen. Sie kniete sich neben Yarigs Körper, schloß dem Zwerg die wimperlosen Lider und berührte in einer Halblingsgeste, die Rikus nicht verstand, seine Augen mit ihren Brauen.

Neeva trat mit einer Fackel in der Hand neben den Mul. In der anderen Hand trug sie ein Paar Speere und einen Obsidiandolch. Sie trug die schwarze Soutane eines Templers, ähnlich der, die Anezka fallengelassen hatte.

»Was ist geschehen?« fragte sie, legte die Waffen zur Seite und half ihrem Partner hoch.

Rikus deutete auf den Verschlag. »Der Gaj hat Yarig angegriffen«, sagte er. »Er hat uns belogen, als er sagte, er wollte mit uns kommen.«

»Er hat einige Tricks von Tithian gelernt«, bemerkte Neeva. Sie legte eine Hand auf ihr Herz und bewegte sie dann in der traditionellen Abschiedsgeste der Gladiatoren in Yarigs Richtung.

Rikus deutete auf die Ausrüstung, die Neeva mitgebracht hatte. »Was ist das?«

»Wir sind an der Tür auf die Fütterer und zwei Templerwachen getroffen«, berichtete sie. »Sie haben nicht lange überlebt.«

Rikus nahm einen Speer auf und ging zum Verschlag des Gaj. Die Bestie kauerte in einer Ecke und hatte seine Augen und die tödlichen Fühler dem Tor zugewandt.

»Das ist für Yarig«, sagte der Mul und warf den Speer durch eine Lücke hindurch.

Der Speer traf den Gaj inmitten eines Fühlers. Er stieß einen schrillen Schrei aus und zog seinen Kopf unter seinen Rückenschild zurück.

»Wird ihn das töten?« fragte Neeva und hielt ihre Fackel so, daß sie in den Verschlag sehen konnte.

»Nicht innerhalb der nächsten Stunden, hoffe ich«, antwortete Rikus.

Du hast mich noch nicht besiegt.

Das Schreien hörte nicht auf, während der Gaj seine Botschaft sandte, und gleichzeitig hob die Bestie ihren Rückenpanzer an und richtete die Spitze ihres Bauches auf Rikus und Neeva.

»Es ist Zeit zu gehen«, sagte der Mul. Er zog seine Partnerin gerade in dem Moment von dem Verschlag fort, als der Gaj den Gang mit einer übelriechenden Flüssigkeit übersprühte.

Neeva half Rikus, die schwarze Soutane anzuziehen, die sie und Anezka für ihn beschafft hatten. Sie war ihm zu klein, aber er hoffte, sie würde ihn wenigstens bis zum Tor bringen. Selbst wenn jemand nahe genug herankäme, um zu erkennen, wie eng das Gewand war, würde er wohl doch alle damit verbundenen Probleme bewältigen können.

Als sie zum Gehen bereit waren, nahm der Mul Yarigs Körper auf, denn er war sicher, daß der Zwerg sicher nicht in Tithians Sklavengruben begraben sein wollte. »Kommst du mit uns, Anezka?«

Die Halblingsfrau nickte.

Die drei Gladiatoren schauten zum Eingang, wobei Anezka den Speer trug und Rikus und Neeva Obsidiandolche in ihren Taschen mit sich führten. Sie ließen ihre üblichen Waffen in den Verschlägen. Trikale, singende Stäbe und Kriegshämmer hätten nur unnötige Aufmerksamkeit auf das Trio gezogen.

Als sie aus dem Schuppen heraustraten, zog Rikus die Kapuze der Soutane über seinen Kopf. Obwohl es noch früh war, stand keiner der Monde mehr hoch am Himmel, so daß es leidlich dunkel war. In jedem der Türme sah der Mul die schattenhaften Gestalten eines Templers und zweier Wächter.

Der vierrädrige Karren der Fütterer stand neben dem Eingang. Ein ekelhafter Gestank stieg von den verschiedenen toten und fast toten Tieren auf, die darin lagen. »Laßt uns das abladen«, sagte Rikus. »Wir sollten die Tiere lieber füttern, damit sie ruhig sind.«

Sie taten schnell, was der Mul vorgeschlagen hatte und warfen blind verschiedene Sorten Fleisch in die Verschläge, ohne auf die Tiere darin zu achten. Wenige Minuten später war der Karren leer. Rikus legte Yarigs Leiche hinein, tauschte dann seinen Dolch gegen den Speer aus, den Anezka getragen hatte, und bedeutete ihr anschließend, sie solle sich neben ihren Kampfpartner legen.

Rikus ging zur Vorderseite des Karrens, wo ein einziger Kank in das Geschirr eingespannt war. Das zahme Tier reichte Rikus bis kurz über die Brust. Sein chitinartiger Körper war in drei Abschnitte eingeteilt: in einen birnenförmigen Kopf, der von zwei drahtigen Fühlern gekrönt wurde, einen verlängerten Brustkorb, der von sechs dünnen Beinen getragen wurde, und einen knolligen Bauch, der unter dem Brustkorb hinunterhing.

Obwohl Rikus noch niemals eines dieser Tiere angetrieben hatte, war er schon so oft in Wagen gereist, die von Kanks gezogen wurden, daß er das grundlegende Prinzip kannte. Mit seiner freien Hand nahm er eine lange Rute auf, die vor dem Karren lag, und berührte den Kank damit zwischen den Fühlern. Zu seiner Überraschung setzte sich das Tier in Bewegung.

»Wieviel Aufmerksamkeit willst du noch auf uns ziehen?« fragte Neeva, die laufen mußte, um mit dem Karren Schritt zu halten. »Fahr langsamer!«

»Aber wie denn?«

Die blonde Gladiatorin riß ihm die Rute aus der Hand und ließ deren Ende mehrmals über die Fühler des Tieres gleiten. Es verlangsamte seinen Schritt sofort zu einer gemächlicheren Gangart. Sie trotteten den Weg hinab und wandten sich dann nach rechts in die breite Straße, die zum hinteren Tor führte. Mehrere Turmwächter hielten inne, um auf den Wagen herabzuschauen, aber keiner schien etwas zu merken.

Schließlich ragte das Tor selbst vor ihnen auf. Es bestand aus einer großen, hölzernen Pforte, die zwischen zwei kleinen Türmen hing. An diesem Abend war jeder Turm mit einem Wächter besetzt, und nur ein Templer überwachte die beiden.

Neeva lenkte den Karren direkt auf das Tor zu, ohne die Gangart des Kank zu verlangsamen. Die Turmwächter und der Templer beobachteten schweigend, wie die verkleideten Gladiatoren herankamen. Ein Wächter drehte ein Rad in seinem Turm, und das Tor begann sich langsam zu öffnen.

Die Flüchtlinge tauchten in die dunklen Schatten zwischen den Türmen ein.

»Halt!« rief der Templer.

Neeva sah Rikus an, und der Mul nickte ihr zu, daß sie gehorchen sollte. Die stämmige Frau ließ die Rute über die Fühler des Kank gleiten, bis der Karren stehenblieb.

»Habe ich Körper dort drinnen gesehen?« fragte der Templer.

»Ja«, bestätigte Rikus. »Sie haben Tithian beleidigt. Wir nehmen sie für die Raakles mit hinaus.«

»Das sollte ich mir lieber ansehen«, seufzte der Templer und stieg die Leiter hinab.

Neeva sah Rikus fragend an. Er zuckte die Achseln und spähte dann über seine Schulter zu Anezka. Sie stellte sich tot, wobei sie eine Hand seltsam verdreht unter ihrem Rükken versteckt hielt. Der Templer kam am Fuß der Leiter an und trat dann neben den Karren. Er war ein Mensch mit einem Stoppelbart.

»Was haben wir denn hier?« murmelte der Templer und

griff über den Wagen hinweg nach Yarigs Hals. Als er seine Finger zurückzog und sah, daß sie blutbeschmiert waren, brummte er angewidert und hielt die Hand von seinem Körper fort, als wüßte er nicht so genau, was er damit tun sollte. »Sie sind tot.«

»Natürlich«, antwortete Rikus. »Ich habe sie selbst getötet.«

Der Templer betrachtete den Mul mit angewidertem Blick und winkte den Karren dann durch das Tor. Neeva wartete kaum darauf, daß es ganz offen war, bevor sie den Karren zwischen den Türmen herausführte.

Eine weite Ebene felsiger Trockenheit, purpurüberzogen und so still wie der Tod selbst, lag vor ihnen.

»Wohin gehen wir jetzt, Rikus?« fragte Neeva und trieb den Kank an.

»Zu den Ländereien von Agis von Asticles«, antwortete der Mul. »Wo immer das sein mag.«

Unter Tyr

Ktandeo tippte mit seinem Stock auf die Bank. »Setzt euch.«

Sadira gehorchte sofort, aber Agis ignorierte den Befehl und blieb stehen. Sie alle drei waren um die Steinbank im rückwärtigen Teil der Weinschenke Zum Betrunkenen Riesen versammelt. Sie hatten den schimmernden Vorhang aus Eidechsenschuppen vorgezogen, um ungestört zu sein.

»Nun treffen wir uns schließlich offiziell«, sagte Agis und hielt beide Handflächen zu einer formellen Begrüßungsgeste hoch. »Ich bin Agis von Ast...«

»Ich weiß, wer Ihr seid«, sagte Ktandeo und deutete auf die Bank. »Nun setzt Euch.«

Sadira zog Agis neben sich, um ihren Kontaktmann nicht noch mehr zu verärgern. Sie und der Adlige hatten seit Agis' Gespräch mit Tithian versucht, Ktandeo zu treffen. Nachdem die beiden in der Weinschänke zwei Tage lang für Aufregung gesorgt hatten, war der alte Mann schließlich gekommen.

Sobald der Senator den Stein berührte, sah Ktandeo die Zauberin stirnrunzelnd an. »Ich bin mir sicher, daß du weißt, was du getan hast.«

Sadira wußte nicht, ob er sich auf ihre Bemühungen bezog, ein Treffen mit Rikus zu arrangieren, oder darauf, daß sie Agis mit zum Treffpunkt gebracht hatte, aber für alle Fälle nickte sie. Für die Verschleierte Allianz galt beides als schweres Vergehen. »Wenn Ihr hört, was Agis zu sagen hat, werdet Ihr froh sein, daß ich es getan habe.«

»Darauf solltest du hoffen«, erwiderte Ktandeo. »Andernfalls...«

Agis unterbrach die Drohung des alten Mannes. »Etwas Furchtbares wird in Tyr geschehen, und nur Ihr könnt es aufhalten.«

Bevor Ktandeo etwas erwidern konnte, schlüpfte der rotbärtige Wirt mit einem Krug voll rotem Wein und drei Bechern um den Vorhang herum. Agis griff in seine Geldbörse und entnahm ihr mehrere Münzen, aber der alte Mann legte seinen Stock über das Handgelenk des Adligen.

»Ich werde nichts trinken, was von Euren Münzen gekauft ist«, sagte der Magier.

»Ihr könnt ruhig verzehren, was Agis Euch anbietet«, fauchte Sadira und legte eine Hand auf das fest angespannte Knie des Senators. Während der letzten zwei Tage hatten die Zauberin und der Adlige nicht mehr als zehn Minuten voneinander getrennt verbracht, und sie hatte ihn recht gut kennengelernt. »Er ist ein besserer Mensch als seine Gleichrangigen.«

»Höre ich schlecht?« fragte Ktandeo und steckte einen dicken Finger in sein Ohr, als wolle er es säubern. »Ich hätte schwören können, daß ich gerade gehört habe, wie eine Frau, die Templer tötet, den Ruf eines Sklavenhalters verteidigt hat.«

Sadiras Wangen röteten sich. »Die Männer, die ich getötet habe, waren unbedeutender, mörderischer Abschaum, und das wären sie in jedem Fall gewesen, egal, ob sie nun freie Wesen oder Sklaven waren«, sagte sie. »Agis ist ein guter Mann, und in einen korrupten Adel hineingeboren zu sein ändert nichts daran.«

»Ob er Adliger oder Sklave ist, ist für mich unbedeutend«, sagte der Wirt und streckte seine Hand aus. »Sein Geld ist es, was zählt.«

Agis ließ einige Münzen in die Hand des Wirtes fallen. Der Wirt untersuchte sie kurz und gab Agis dann eine kleine Bronzescheibe zurück. »Wenn Ihr glaubt, ich würde dies statt guter, tyrianischer Währung akzeptieren, dann irrt Ihr Euch. Dies Geld habe ich noch nie gesehen.«

Agis ließ die Scheibe mit einem Ausdruck des Verdrusses in die Tasche seines Gewandes gleiten und entnahm ihr dann zwei Münzen als Ersatz. »Ich habe keine Ahnung, wie diese in meinen Geldbeutel gekommen ist. Bitte nehmt meine Entschuldigung an.«

Als der stämmige Mann gegangen war, hob Ktandeo eine Augenbraue in Sadiras Richtung. »Bist du beim letzten Mal nicht hier herausgestürmt, weil du diesen Gladiator liebst?«

»Und was wäre, wenn es so wäre?« fragte Sadira.

Ktandeo schwenkte seinen Stock in Agis' Richtung. »Du sprichst, als würdest du dich auch um ihn sorgen.«

»Vielleicht«, antwortete Sadira und lächelte Agis warm an. Er entsprach ihrer Geste, indem er leicht bekümmert dreinschaute. »Was ist falsch daran?«

Sadira verstand, warum Agis und ihr Kontaktmann erregt zu sein schienen, aber sie teilte ihre strenge Haltung nicht. Nichts in ihrem Leben hatte sie gelehrt, eine Romanze als endgültige Entscheidung anzusehen. Tithian hatte ihre Mutter als Gebärmutter benutzt, und Catalyna, die Frau, die ihr die Kunst der Verführung beigebracht hatte, hatte die junge Zauberin davor gewarnt, sich an einen einzigen Mann zu binden.

»Vielleicht können wir meinen Besuch bei dem Hochtempler erörtern?« schlug Agis vor.

»Darum seid Ihr hergekommen«, brummte Ktandeo und sah Sadira kalt an. »Hoffentlich ist es wirklich wichtig.«

Während Agis sein Treffen mit Tithian schilderte, brummelte Ktandeo etwas über die Freiheiten vor sich hin, die Sadira sich herausgenommen hatte, indem sie den Adligen im Namen der Allianz angeworben hatte. Er sah sie stirnrunzelnd an, als Agis preisgab, daß der Hochtempler von dem Wunsch der Verschleierten wußte, sich mit Rikus zu treffen.

Als der Senator jedoch die Pyramide und die Kugeln beschrieb, die er in Tithians Erinnerung gesehen hatte, wechselte Ktandeos Stimmung von Verdrießlichkeit zu besorgter Erregtheit.

»Tithian weiß zuviel von dem, was ihr beide getan habt«, sagte Ktandeo, die Augen gedankenvoll auf den Knauf seines Stocks gerichtet.

»Es besteht kein Zweifel daran, daß Tithian einen Spion in unserer Nähe hat«, sagte Agis.

»Es ist Euer Diener, Agis. Dessen bin ich mir sicher«, fügte Sadira hinzu.

Der Adlige verbarg seine Reaktion auf diese Bemerkung, indem er seinen Becher aufnahm und einen Schluck Wein trank. Dies war ein Thema, wo sie nicht völlig übereinstimmten. Als Agis vor zwei Tagen zu dem Treffen mit Tithian gegangen war, hatte Caro sich mit dem Vorwand entschuldigt, seine Blase entleeren zu müssen. Erst kurz bevor Agis das Stadion verlassen hatte, war er wieder zurückgekehrt. Trotzdem war Sadira mißtrauisch geblieben wegen der überlangen Abwesenheit des Zwerges. Als sie von der Unterbrechung gehört hatte, die den Angriff auf den Geist des Hochtemplers zunichte gemacht hatte, hatte sie daraus sofort geschlossen, daß der Zwerg ein Spion sei und hatte Agis beiseite genommen, um ihn zu warnen.

»Der Zwerg, der bei der Sklavenversteigerung bei Euch war?« fragte Ktandeo.

Agis stellte seinen Wein mit mürrischem Gesicht ab. »Wenn man betrachtet, was Tithian weiß und was Caro ihm erzählt haben könnte, scheint es wahrscheinlich«, sagte Agis. »Aber es ist für mich noch immer schwer zu akzeptieren. Caro leistet meiner Familie seit zweihundert Jahren treue Dienste.«

»Ihr überschätzt die Treue eines Sklaven«, sagte Sadira.

»Vielleicht, aber Caros Bestimmung ist es, der Asticlesfamilie zu dienen. Weißt du, was es bedeuten würde, wenn er mich verriete?«

»Ewige Verdammnis scheint ein hoher Preis für Verrat zu sein«, stimmte Ktandeo zu. »Trotzdem ist Athas voll von zwergenhaften, todverkündenden Geistern, und wir haben keine Möglichkeit zu erfahren, was Tithian ihm angeboten haben könnte. Ich hoffe nur, daß Ihr daran gedacht habt, Eurem Diener nicht zu sagen, wo Ihr jetzt seid.«

Agis nickte. »Ich habe ihn am Tage meines Treffens mit Tithian nach Hause geschickt. Er hat uns seitdem nicht mehr gesehen.«

»Hoffen wir's«, murmelte Ktandeo. Er betrachtete den Knauf seines Stockes. »Was Ihr in Tithians Erinnerung gesehen habt, ist beunruhigend.« Er schaute zu Sadira hinüber. »Ich sollte mich bei dir entschuldigen, meine Liebe. Du hattest recht – nichts ist wichtiger, als Kalak zu töten, und das so bald wie möglich.«

»Warum?« Sadira und Agis stellten die Frage gleichzeitig.

Ktandeo hob eine Hand und schüttelte den Kopf. »Laßt uns beten, daß ihr die Antwort niemals erfahrt«, sagte er und wandte sich wieder an Agis. »Also, was geschieht jetzt mit Tithians Vorschlag? Ihr denkt doch sicher nicht, daß man dem Hochtempler trauen kann?«

»Man kann nur darauf vertrauen, daß er das tut, was für ihn am besten ist«, erwiderte Agis. »Aber ich glaube schon, daß es ihm mit seiner Zusammenarbeit mit Euch ernst ist.«

»Dann seid Ihr ein Narr«, antwortete Ktandeo.

»Vielleicht nicht«, wehrte sich Agis. »Kalak hat Tithian in eine hoffnungslose Lage gebracht. Er hat keine andere Wahl, als sich hilfesuchend an die Feinde des Königs zu wenden.«

Sadira fügte hinzu: »Gleichzeitig hat er Agis gesagt, er solle auf sich aufpassen, daß...«

Einige unterdrückte Schreie erklangen auf dem Platz vor der Weinschenke und unterbrachen Sadira. Obwohl der

Vorhang zugezogen blieb, war er doch nicht dicht genug, um die erschreckten Stimmen zu dämpfen. Die Halbelfin erhob sich, um der Ursache des Lärms nachzugehen, als der Wirt seinen Kopf um den Vorhang herumstreckte. In seiner Hand hielt er die Tasche, in der Sadira ihr Zauberbuch mit sich getragen hatte, als Radurak sie gefangengenommen hatte.

»Templer!« zischte der Wirt. Er schob Sadira die Tasche zu und ging.

Sadira wandte sich Ktandeo zu. »Wo hat er sie her?« fragte sie erregt und hängte sie sich über die Schulter. Sie war so froh, ihr Buch zurückzuhaben, daß sie sich kaum Sorgen um die Templer machte.

»Von Radurak natürlich«, antwortete der alte Mann kurz angebunden. »Wir haben jetzt keine Zeit, uns darüber zu unterhalten. Tithians Angebot war ein Köder, und ihr beide habt ihn geschluckt!« Der Magier legte die Steinbank auf die Seite. Darunter führte eine von Spinnweben überzogene Treppe in gefährlich steilen Windungen in die dunkle Erde. Für Sadiras Elfensehvermögen leuchteten die ersten Stufen der Steintreppe in den blauen Farbtönen des kühlen Felsgesteins. Dahinter war der Gang für sie genauso dunkel wie für ihre menschlichen Begleiter.

»Wo führt er hin?« fragte Agis.

Bevor jemand antworten konnte, erklang die barsche, fordernde Stimme eines Templers hinter dem Vorhang. Ohne auf Ktandeos Befehl zu warten, griff die Halbelfin nach Agis' Hand und führte ihn in den Treppenschacht hinein. Der alte Magier folgte ihnen und zog dann die Steinbank wieder an ihren Platz, wodurch der Treppenschacht in Dunkelheit getaucht wurde. Die roten Farbtöne der warmen Körper ihrer Begleiter und die blauen Schattierungen des kalten Gesteins ließen Sadira erkennen, was sie brauchte, aber sie wußte, daß ihre menschlichen Freunde in der Dunkelheit vollkommen blind sein würden.

»Ich kann einen Lichtzauber heraufbeschwören«, flüsterte sie.

»Auf keinen Fall!« erklang die Antwort des alten Mannes. »Geh voraus!«

Die Halbelfin stieg die Treppe hinab und hielt Agis weiterhin an der Hand. Ktandeo folgte einen Schritt hinter ihnen, wobei er mit dem Stock leise jede Stufe berührte, bevor er sie betrat. Während sie hinabstiegen, glitten die seidigen Fäden der Spinnweben wie ein leichter Seidenschal über Sadiras nackte Schultern und sandten Schauer ihr Rückgrat hinab. Mehrere Male hatte sie das Gefühl, es sei etwas unter ihre Kleidung gekrochen, und unterdrückte mit Mühe den Drang, auf ihren Rücken einzuschlagen.

Aber noch schlimmer als die Spinnweben war die dicke Schicht Staub, die die Treppe bedeckte. Mit jedem Schritt stiegen kleine Wölkchen auf, die ihre Nase und ihre Kehle kitzelten und sie reizten, zu niesen und zu husten. Die Staubschicht war so dick, daß die Ränder der Stufen glitschig und trügerisch waren. Mehrere Male glitt Sadira aus. Nur der feste Griff von Agis' warmer Hand verhinderte, daß sie in die Dunkelheit stürzte.

Nach kurzer Zeit erreichten sie den Grund des Treppenschachts. Dort verwandelte sich der Durchgang in einen Flur, der jedoch gleich darauf an einer Felswand endete. Sadira wandte sich um und wurde sich eines modrigen Geruchs und der erfrischenden Kühle unterirdischer Luft bewußt.

»Wir sind auf dem Grund angelangt«, flüsterte sie.

Ein lauter Schlag dröhnte vom oberen Ende der Treppe herab. Weit über ihnen strömte ein schmaler Streifen Licht in den Treppenschacht. Ein schwarzgewandeter Templer erschien in dem Eingang.

»Geh weiter«, flüsterte Agis.

»Es ist eine Sackgasse«, seufzte Sadira.

»Falsch«, zischte Ktandeo. »Seid leise, während ich mich um unsere Freunde kümmere.«

Der alte Mann wartete ruhig ab, während die Templer Fakkeln entzündeten und die Stufen herabzusteigen begannen. Die Hitze der kleinen Flammen überwältigte Sadiras Elfensehvermögen mit schmerzhaftem, weißem Licht, aber ihre Augen paßten sich dem schnell wieder an.

Als der erste Templer auf der Hälfte der Treppe angelangt war, erschien ein verzerrtes Lächeln auf Ktandeos Lippen. »Haltet euch jetzt die Ohren zu.«

Der alte Mann deutete mit der Spitze seines Stockes die Treppe hinauf und sprach ein einziges Wort. »Nok.« Ein tiefrotes Licht sprang im Inneren des glasartigen Knaufs auf.

Sadira stöhnte, als sich ein seltsames Kribbeln in ihrem Bauch rührte. Die Halbelfin legte gerade die Hände über ihre Ohren, als Ktandeo flüsterte: »Geisterfeuer.«

Ein gewaltiger Windstoß fuhr durch den Gang. Staub und Felsstücke regneten auf das Trio herab, und ein Windstoß traf sie. Ein Geysir trüben Lichts schoß den Treppenschacht hinauf. Zuerst schwappte er über die Männer auf der Treppe hinweg und beleuchtete nur ihre erschreckten Gesichter in einem aufgewühlten, rubinroten Schwall. Einen Augenblick lang blieben die erstaunten Templer mit geöffneten Mündern, die kurzen Schwerter bewegungslos in den Händen, reglos in dem karmesinroten Strahl stehen.

Dann begann der Zauber zu verblassen. Die Haut derer, die in dem Strahl gefangen waren, wurde aschfarben und schuppig. Ihr Fleisch löste sich wie feiner Puder von ihren Körpern ab, und Schreie erfüllten den Treppenschacht. Einige Männer versuchten nach oben zu fliehen und andere drängten hinab. Ihre Bemühungen nützten ihnen nicht viel, denn als das Licht schwächer wurde, verwandelten sich ihre Haare, ihre Augen und sogar ihre Eingeweide in Asche. Als der Treppenschacht wieder dunkel wurde und Sadira sich wieder auf ihr Elfensehvermögen verlassen mußte, war alles, was von den Templern übriggeblieben war, eine Menge verkohlter Knochen, die die Treppe herabklapperten.

»Der Stock hat seine Energie durch uns bezogen!« stöhnte Agis.

»Welche Art von Magie ist das?« fragte Sadira. Ktandeo hatte ihr niemals erzählt, daß es möglich war, magische Energie aus warmblütigem Leben zu beziehen.

Ktandeo stieß einen Seufzer der Ermüdung hervor. Er griff nach Agis' Schulter, konnte sie aber in der Dunkelheit nicht finden. Sadira ging an dem Adligen vorbei und ließ ihre Schulter unter den Arm des alten Mannes gleiten. Für ihre Augen war die Farbe seines Körpers von einem tiefen Rot zu Pink verblaßt. Ktandeos Magie hatte ihre Energie anscheinend vor allem aus dem alten Mann selbst bezogen.

Während er sich auf Sadiras Schulter stützte, stolperte der Magier zum Ende des Ganges und berührte mit seinem Stock einen Stein. »Drückt dagegen«, keuchte er.

Mit ihrem freien Arm half Sadira Agis vorwärts, und er versetzte dem Stein einen Stoß. Eine türgroße Platte schwang im selben Augenblick vor ihnen auf, als mehrere Templer den Treppenschacht betraten. Die Männer des Königs stiegen schnell hinab, fluchten und traten nach den Knochen ihrer toten Kameraden.

»Ergreift sie lebend!« schrie eine befehlende Stimme.

Sadira drängte Agis durch die Tür. »Wir hätten Caro töten sollen, als wir die Gelegenheit dazu hatten.«

»Das hier beweist nur, daß er es nicht war«, widersprach Agis. »Er weiß nicht, wo wir sind.«

»Ruhig!« flüsterte Ktandeo und schob Sadira durch die Tür. Als sie erst einmal hindurch waren, untersuchte Sadira schnell ihre dunkle Umgebung, während Agis die Tür schloß. Vor ihnen lag eine ruhige Höhle, die nach Schimmel und Verfall roch. Sie war mit den runden, kühlblauen Umrissen von Felssäulen angefüllt, die sich mehr als zehn Fuß über sie erhoben, um in einer gelblichen Masse gazeartiger Fäden zu verschwinden, die von der Decke herabhingen. »Nok«, sagte Ktandeo erneut und aktivierte damit seinen Stock. Dann benannte er den Zauber, den er benutzen wollte: »Waldlicht.«

Der Knauf seines Stockes begann zu glühen. Sadira blinzelte, und dann sah sie, daß die Obsidiankugel von einem kleinen Kreis seltsamen, violetten Lichts umgeben war. Sie spürte ein schwaches Kribbeln in ihrem Körper, als der Stock ihr Energie entzog.

Gedämpfte Stimmen drangen durch die Steinplatte hinter ihnen. Ktandeo führte sie weiter, wobei er sich in schmerzlich langsamem Tempo vorwärtstastete. Sadira wußte, daß sie den Templern niemals entkommen konnten. Glücklicherweise hatte das Trio bereits mehrere Meter in den Säulenwald hinein zurückgelegt, als sich die verborgene Tür hinter ihnen mit kratzendem Geräusch zu öffnen begann.

Der alte Magier ließ seine Handflächen über den Knauf seines Stockes gleiten, und das violette Licht verblaßte. Hinter ihnen begannen die Umrisse der Fackeln der Templer in die Höhle zu strömen.

»Du mußt jetzt für uns sehen«, flüsterte Ktandeo und drängte Sadira nach vorne.

»Ich werde deine Hand halten. Agis, haltet Euch an meinem Stock fest. Achtet darauf, was hinter uns vorgeht.«

Sadira schaute über die Schulter und sah, daß die wenigen Templer, die sich vor der Tür versammelt hatten, inzwischen mehr geworden waren. »Wohin gehen wir?«

Ktandeo packte sie bei den Schultern und drehte sie in die gleiche Richtung, in die er schaute. »Geradeaus. Zähle fünfzig Säulen ab und halte dann an.«

Die Halbelfin ergriff die Hand ihres Lehrmeisters und ging so schnell voran, wie sie es für Ktandeo für erträglich hielt.

Die schrille Stimme eines Templers echote durch die stille Höhle. »Sie sind hier entlang gegangen! Zehn Silberstücke für jeden, wenn wir sie lebend fangen. Und zehn Schläge, wenn sie entkommen!«

»Agis?« fragte Sadira und ging weiter. Sie schaute nicht zurück, denn sie wollte nicht, daß ihr Elfensehvermögen von den heißen Fackeln der Templer ausgelöscht wurde.

»Sie verfolgen uns«, berichtete er.

»Lauft!« zischte Ktandeo.

»Aber...«

»Tut es einfach!« befahl er.

Ohne Ktandeos Hand loszulassen, lief Sadira los, wobei ihre Schritte auf dem kalten Steinboden kaum zu hören waren. Hinter ihr stolperte der alte Magier einher und mühte sich vorwärts, wobei er ungleichmäßig atmete und keuchte. Agis, dessen Schritte gedämpft und gleichmäßig klangen, bildete die Nachhut. Obwohl ihre Flucht sicherlich deutlich zu hören war, machte sich die Halbelfin keine Gedanken über ihren Lärm. Ihre Verfolger waren so laut, daß sie und ihre Freunde sich ohne Probleme auch laut hätten unterhalten können.

Nachdem Sadira die richtige Anzahl von Säulen passiert hatte, blieb sie stehen. »Hier ist es«, sagte sie. »Wie nahe sind sie schon, Agis?«

»Drei Stadtblocks. Vielleicht weniger«, antwortete er. »Es ist schwer zu sagen.«

»Wie verfolgen sie uns?« fragte Sadira. »Mit Cilops?«

»Ich kann keine Anzeichen von Tieren erkennen«, sagte Agis und scharrte mit den Füßen über den Felsenboden.

Der alte Magier hob seinen Stock. »Ich will versuchen, sie wieder ein wenig aufzuhalten.«

Aus Angst, daß Ktandeo zu schwach sein könnte, den Stock erneut zu gebrauchen, schob Sadira ihn beiseite. »Erlaubt mir.«

Am Fuße einer Säule kniend, nahm die Zauberin ein Stück Holzkohle aus der Schultertasche, die auch ihr Zauberbuch enthielt, und zeichnete dann eine Reihe flammenförmiger Zeichen auf den Fuß der Säule.

»Wir sollten uns besser beeilen. Sie kommen schnell voran«, riet Agis. »Ich kann schon fast ihre Gesichter erkennen. Sie sind jetzt wohl nur noch einen oder zwei Blocks entfernt.«

Sadira deutete zur Decke und beschwor die Energie herauf, die sie für ihren Zauber brauchte. Zu ihrer Überraschung zog sich ein großer Kreis der gazeartigen Fäden über ihr zusammen und wurde schwarz. Die Fäden gehörten wohl einer seltsamen Pflanze. Dankbar darüber, daß Ktandeo nicht sehen konnte, was sie getan hatte, formulierte Sadira ihren Zauberspruch und erhob sich.

Agis flüsterte: »Sie werden uns bald sehen.«

»Ich bin fertig«, antwortete Sadira, ebenfalls flüsternd. »Wohin jetzt, Ktandeo?«

»Zwanzig Säulen weit nach rechts«, stöhnte der alte Mann.

»Laßt uns gehen!« sagte Agis.

Sadira ergriff Ktandeos Hand und führte ihn weiter. Sie waren erst sechs Säulen weit gegangen, als ein Templer ausrief: »Ich sehe sie!«

»Ich hoffe, daß dein Zauber wirkt«, schnaubte Ktandeo.

»Ihr werdet stolz sein«, versprach Sadira und ging weiter.

Wenige Sekunden danach dröhnte ein lautes Krachen hinter ihnen. Sadira schaute über die Schulter und sah eine Säule goldenen, fast flüssigen Feuers den Anführer der Templergruppe verschlingen. Der Mann schrie und wirbelte in wildem Todestanz umher, wobei er große Kugeln goldenen Feuers um sich herumschleuderte.

Der Befehlshaber schrie der Nachhut zu, sie sollten herankommen und die Spitze übernehmen. Als die Templer gehorchten, sprangen weitere Flammenschauer vom Fuß der Säule auf und schossen direkt auf den nächststehenden Mann zu. Weitere Templer gingen in Flammen auf. Nach wenigen Augenblicken erglühte die Höhle in goldenem Licht und war von Schmerzensschreien erfüllt. Die Templer waren vollkommen verwirrt.

»Laßt uns gehen«, sagte Agis. »Ihre Verwirrung wird nicht ewig anhalten.«

»Wartet einen Moment«, erwiderte Sadira und bedeutete ihren Begleitern, sich hinter einer Säule zu verbergen.

Sie deutete mit einer Hand nach oben und beschwor die Energie für einen weiteren Zauber herauf. Wieder zog sich ein Kreis gazeartiger Fäden über ihr zusammen und wurde schwarz. Dieses Mal fiel das Skelett eines lange schon toten Höhlentieres von der Decke und landete vor Ktandeos Füßen. Das Wesen hatte einen flachen, runden Schädel mit vier Augenhöhlen und sechs Beine. Ktandeos Augen wanderten von dem Skelett zur Decke, und dann murmelte der alte Mann: »Schau, was du getan hast!«

Sadira zuckte zusammen. Sie wußte, daß ein langer Vortrag folgen würde, doch jetzt formulierte sie erst einmal ihren Zauber. Ein gelbes Licht, das an eine entfernte Fackel erinnerte, erschien inmitten der Säulen zur Rechten der Templer. Langsam begann es davonzutreiben.

In den nächsten Augenblicken hielt Sadira den Atem an und wartete, ob die einfache Zauberformel genügen würde, um die Templer zu täuschen. Sie hatte überlegt, die Täuschung noch zu steigern und der Phantomfackel Geisterstimmen hinzuzufügen. Aber das stand jetzt, wo Ktandeo gemerkt hatte, wie zart die seltsame Bepflanzung an der Decke war, außer Frage.

Schließlich fiel einem der Templer das Licht auf. »Was ist das?« rief er und konnte seine Stimme in dem allgemeinen Lärm kaum verständlich machen.

Sadira deutete auf das Licht und ließ es davontanzen, als habe es Beine. Die Templer schrien einander Befehle zu und folgten ihm, ohne auf ihre brennenden Gefährten zu achten.

»Jetzt können wir gehen«, sagte Sadira.

Sie führte ihre Begleiter vorwärts, bis sie zwanzig Säulen abgezählt hatte. »Wohin jetzt?« fragte sie. Von den Templern waren nur noch weit entfernt aufgebrachte Stimmen zu hören, und Sadira verließ sich wieder allein auf ihr Elfensehvermögen, um im Dunkeln alles erkennen zu können.

»Wende dich einen halben Schritt nach links«, keuchte Ktandeo, der kaum noch sprechen konnte.

»Ich denke, wir könnten uns einen Augenblick ausruhen«, sagte Agis, der den alten Mann stützte. »Wir scheinen sie hinter uns gelassen zu haben.«

»Wofür sind all diese seltsamen Säulen gedacht?« fragte Sadira und untersuchte eine Säule. Sie hatte eine holzartige Maserung, fühlte sich aber an wie festes Gestein.

»Ich vermute, du betrachtest die Pylonen«, antwortete Agis, der sich am Klang von Sadiras Stimme orientierte. »Sie sind die Grundmauern der Stadt. Dies ist UnterTyr.«

»Tyr ist auf Säulen gebaut worden?« fragte Sadira. »Warum?«

»Der Legende nach lag Tyr einst inmitten eines riesigen Sumpfes...«

»Das ist mehr als eine Legende«, sagte Ktandeo schwach. »Aber wir haben Wichtigeres zu besprechen – zum Beispiel die Zerstörung, die Sadira verursacht hat.«

»Was hätte ich tun sollen? Sollte ich zulassen, daß sie uns fangen?« fragte sie.

»Ja«, antwortete Ktandeo und richtete seinen Blick auf die Dunkelheit über Sadiras Kopf. »Du mußt das Gleichgewicht um jeden Preis bewahren. Wenn du erst einmal so wirst wie der Hexerkönig und seine Günstlinge, gibt es keine Möglichkeit mehr, zu unserem Weg zurückzukehren.«

»Ich dachte, Ihr hättet gesagt, daß es wichtiger sei, Kalak zu töten, als...«

Zwei zartgliedrige Männer mit den gebogenen Brauen und schlanken Gesichtszügen der Halbelfen sprangen hinter Ktandeo hinter einer Säule hervor. Beide trugen schwere Templersoutanen. Einer von ihnen war fast so groß wie ein richtiger Elf, und der andere war ungewöhnlich untersetzt.

»Hinter euch!« rief Sadira, griff nach Ktandeo und zog ihn hinter sich. »Templer!«

Der große Halbelf schob ein Netz aus Seilen in ihre Richtung. Die quadratischen Maschen legten sich über ihre Schultern, bevor sie reagieren konnte. Gleichzeitig ergriff der Templer das Zugseil, der Boden des Netzes zog sich zusammen und preßte ihre Arme gegen ihren Körper.

Ktandeo aktivierte das violette Licht seines Stockes.

Obwohl sie kaum eine Chance hatte, sich zu befreien, kämpfte Sadira weiter und hoffte, den großen Halbelf beschäftigt zu halten.

»Kommandant!« rief einer der Halbelfen. »Hier herüber!«

Ktandeo hob den Arm, um seine Magie zu gebrauchen, aber der untersetzte Templer rief den Namen des Königs und deutete mit einem Finger auf den alten Magier. Dann beschwor er selbst einen Zauber herauf. Ktandeos Hände wurden steif, und sein Zauberspruch kam als Durcheinander bedeutungsloser Sätze hervor. Der Magier versuchte die Magie des Templers abzuschütteln, es gelang ihm aber nicht vollständig, so daß er sich nur halb so schnell bewegte wie die anderen.

Agis zog seinen Stahldolch. Er schickte den untersetzten Halbelf mit einem Tritt in den Magen zu Boden, stürzte dann zu Sadira hinüber und durchschlug das Netz, das sie gefangenhielt.

Der große Templer ließ das Netz los und wich zurück, bevor Agis erneut zuschlagen konnte. Der Senator wirbelte zu dem anderen Angreifer herum und erwischte den untersetzten Halbelf genau in dem Moment, als der sich von dem ersten Tritt erholt hatte. Agis zog seinen Dolch über die Kehle des Mannes, bevor dessen Schwert seine Scheide verlassen hatte.

Die Wirkung des Zauberers, der Ktandeo lähmte, ließ nach. Er machte zwei Schritte nach vorn und stolperte über den Halbelf, den Agis gerade getötet hatte. Der alte Mann fiel in sich zusammen.

Als Agis sich umwandte, um dem großen Halbelf erneut gegenüberzutreten, hatte sich der Templer bereits in die Dunkelheit zurückgezogen. Anstatt ihm nachzusetzen, schnitt der Adlige die Zauberin endgültig frei.

»Wir sollten besser weitergehen«, stöhnte Ktandeo, der langsam wieder auf die Füße kam. »Seht.«

Er deutete auf den Weg, den sie gekommen waren. Sadira konnte bereits die Fackeln sehen, die sich auf sie zubewegten.

»Wie sollen wir entkommen?« fragte sie.

»Folgt mir«, murmelte Ktandeo.

Schnaufend und keuchend führte der alte Mann sie in langsamem Tempo vorwärts und erleuchtete ihren Weg mit seinem glühenden Stock. Die barsche Stimme des Befehlshabers der Templer erklang hinter dem Trio, und die Stimme wurde mit jedem Mal lauter.

»Vielleicht solltet Ihr Euren Stock verdunkeln, Ktandeo«, schlug Sadira vor. »Er erleichtert es ihnen, uns zu folgen.«

»Es ist nicht mein Stock, weswegen sie uns folgen konnten«, keuchte er. Der Magier breitete seine Hände über seinen Knien aus und schaute den Weg zu der Stelle hoch, wo der Pylonenwald endete. Von dort fiel der Boden in steilem Winkel ab. »Außerdem sind wir schon fast in Sicherheit.«

Ktandeo atmete tief ein und führte sie dann einen Wall hinab zu einem kleinen Hof mit Kopfsteinpflaster. Obwohl sie überrascht war, einen solchen Ort unter der Stadt vorzufinden, hatte Sadira keine Zeit, sich lange darüber zu wundern. Als sie den Hof überquerten, richtete sie ihre Aufmerksamkeit auf das, was hinter ihr lag und sah nur gelegentlich zu Boden, um auf Hindernisse zu achten. Als sie die andere Seite des kleinen Hofes erreicht hatten, stand der erste Templer oben auf dem Wall. Sie waren bereits nahe genug herangekommen, daß sie unterscheiden konnte, ob die Männer Schnurrbärte oder Bärte trugen oder nicht. Viele von ihnen hatten die Verfolgung aufgegeben und schauten mit offenen Mündern über sie hinweg.

Sadira blickte nach vorn und sah den Grund für ihr Entsetzen. Ktandeos Stock beleuchtete die Fassade eines riesigen Gebäudes, das aus einem Granitblock gehauen war. Nie zuvor hatte sie etwas Ähnliches gesehen. Eine große Treppe führte zu mehreren verzierten Doppeltüren hinauf, die alle in einen hohen, von einem giebeligen Portal bedeckten Bogen eingelassen waren. Wunderschöne Fenster aus farbigem Glas zierten die Giebel, und jedes stellte eine große Gestalt mit dem Kopf eines Adlers, einem Paar riesiger, lederartiger Schwingen und dem Unterkörper einer zusammengerollten Schlange dar.

»Was für ein Ort ist das?« fragte Sadira ehrfurchtsvoll.

»Das ist der Karmesinrote Schrein«, schnaufte Ktandeo und erklomm langsam die Stufen. »Ein Tempel der Ehrwürdigen.«

Sadira und Agis fröstelten, denn von solchen Orten hieß es, sie beherbergten Gespenster und Geister.

»Unter Tyr?« fragte Agis.

»Bevor Tyr zum Sumpf wurde, war es ein heiliger Wald«, erwiderte Ktandeo, der sich beim Sprechen nicht einmal umwandte. »Das war vor zweitausend Jahren. Die Stadt wurde um diesen Tempel herum erbaut.«

Auf der anderen Seite des Hofes bellte der Befehlshaber

der Templer: »Verschwendet keine Zeit damit, den Mund aufzusperren! Wenn sie dort hineingehen, werde ich euch hinterherschicken!«

Sadira und Agis eilten hinter dem alten Mann her. »Woher wißt Ihr das alles?« fragte Agis.

»Ich habe mit jenen gesprochen, die den Tempel bewohnen«, antwortete der alte Mann, als er oben an der Treppe angelangt war.

Als Sadira neben Ktandeo trat, erhellte das purpurfarbene Licht seines Stockes die Mauer hoch über ihnen. Vier Paare hoher, wie Dolche geformter Fenster flankierten eine Statue, die die adlerköpfige Gestalt im Flug darstellte. Auch in den Fenstern war diese Figur im Flug dargestellt.

Während sie die Mauern betrachtete, erblickte Sadira einen schwarzen, menschenähnlichen Schatten, der hinter einem der dolchförmigen Fenster vorbeiglitt. Er spähte zu Sadira und ihren Begleitern hinab und brachte das Herz des Sklavenmädchens vor Angst heftig zum Schlagen.

»Ihr wollt uns doch nicht dort hineinbringen?« fragte sie.

»Die im Herzen rein sind, haben im Karmesinroten Schrein nichts zu fürchten«, sagte Ktandeo.

Agis folgte dem Magier auf die Tür zu, aber Sadira rührte sich nicht. »Was meint Ihr mit ›rein im Herzen‹?«

Ktandeo deutete mit dem Stock auf den unter ihnen liegenden Hof. »Du kannst dich den karmesinroten Rittern oder Kalaks Geistbeugern stellen. Nur du weißt, welche Wahl du treffen mußt.«

Als sie sah, daß ein Dutzend der Aufseher des Königs den Hof bereits halbwegs überquert hatten, sagte Sadira: »Ich werde es mit den Rittern versuchen.«

Ktandeo winkte Agis, die Türen des Tempels zu öffnen. Der Adlige gehorchte, und auf einmal wichen sie erschreckt zurück. »Bei Ral!«

Im Eingang stand ein Gespenst, das von Kopf bis Fuß in

eine Stahlrüstung gehüllt war. Sein Visier war geöffnet, und darin waren zwei rote Augen sichtbar, die aus einer Masse unruhiger Dunkelheit herausschauten. Über seinem Brustharnisch hing ein perlmuttartiger Wappenrock mit der adlerköpfigen Gestalt, und von der Spitze seines Helms erhob sich ein gewaltiger roter Federbusch. Das Gespenst hielt eine große Hellebarde in der Hand, und seine glühenden Augen waren auf Agis gerichtet.

Hinter dem Wächter lag ein höhlenartiger Raum, der von tausend Kerzen mit strahlendrot flackernden Flammen beleuchtet wurde. Es schien, als sei jeder Zentimeter des Tempels mit geschnitzten Reliefs phantastischer Wesen versehen.

»Das ist wundervoll!« seufzte Agis. »Was hält all diese Kerzen am Brennen? Magie?«

»Es gibt in diesem Tempel keine Magie«, sagte Ktandeo. »Der Glaube hält die Kerzen am Brennen.«

Sadira warf einen ängstlichen Blick hinter sich. Die zwölf Templer hatten die unterste Stufe der Treppe erreicht. Am anderen Ende des Hofes rief ihr Befehlshaber seinen restlichen Männern Befehle zu und ließ sie am Rand des Walls Aufstellung nehmen, um das Gebiet einzukreisen.

»Wenn wir hineingehen wollen, dann laßt es uns auch tun«, sagte sie.

Ktandeo schlüpfte an dem Gespenst vorbei und betrat den Tempel, wobei das violette Glühen seines Stockes erstarb, als er die Schwelle überschritten hatte. Außerhalb der Tür wurde es schattig, aber nicht vollständig dunkel. Das Licht der Kerzen des Schreins erhellte noch die ganze Treppe.

Agis bedeutete Sadira, als nächste hineinzugehen, aber sie schüttelte den Kopf. »Ihr zuerst«, sagte sie.

Agis ging voller Selbstvertrauen auf die Tür zu. Als sein Fuß die Schwelle überschritt, schlug ihn das Gespenst mit dem dicken Ende seiner Hellebarde über die Stirn.

»Nein!« Seine tiefe Stimme tönte weit in den Pylonenwald hinaus. Agis stieß einen überraschten Schrei aus und stolperte dann zurück, wobei er sich die blutende Stirn hielt.

»Verfluchte Adlige!« grollte Ktandeo und trat wieder halb aus der Tür heraus.

»Warum will er ihn nicht hineinlassen?« fragte Sadira und wandte sich mit dieser Frage sowohl an ihren Lehrmeister als auch an den gespenstischen Wächter.

»Vielleicht, weil er Sklaven besitzt, oder wegen irgendeiner anderen Schwäche«, sagte der Magier, hob seinen Stock und deutete mit der Spitze auf die zwölf Templer auf der Treppe. »Hinunter, ihr beide.«

Als Sadira und Agis gehorchten, stieß Ktandeo hervor: »Nok! Ruhesturm!«

Sadira spürte, wie sich ihr Bauch anspannte, und dann schoß ein Strahl weißen Lichts lautlos aus der Spitze des Stockes. Er beleuchtete das Gesicht des nächststehenden Templers. Die Fackel des Mannes erlosch, und er fiel in sich zusammen. Ein zweiter Lichtblitz schoß aus dem Stock, und Sadira spürte, daß ihrem Körper noch mehr Energie entzogen wurde. Ein weiterer Templer fiel tot zu Boden. Ein dritter Blitz folgte, und dann ein vierter und ein fünfter. Jedesmal erlosch eine Fackel, starb ein Templer, und jedesmal fühlte sich Sadira ein wenig schwächer.

Als der Stock zum zwölften Mal aufblitzte, lag Sadira am Boden, rang nach Atem und kämpfte darum, nicht zu würgen. Als sie den Kopf schließlich wieder heben konnte, sah sie, daß Ktandeo noch immer dastand, in dem Licht gebadet, das aus dem Innern des Tempels kam. Er versuchte mühsam, sich auf den Füßen zu halten, indem er sich an der Tür festhielt. Agis lag rechts von ihr, hielt seine blutende Stirn und atmete langsam und gleichmäßig.

»Ihr habt mich gerügt, weil ich ein wenig Deckenmoos vernichtet habe?« keuchte sie.

Ktandeo schaute auf und sah unendlich alt und schwach aus. Sein ganzer Körper wurde von dem einfachen Versuch zu atmen erschüttert.

»Ich habe nichts genommen, was nicht wieder ergänzt werden könnte«, schnaufte der Zauberer. »Was du getan hast, zerstörte...« Er brach in einen Hustenanfall aus. Als er fertig war, sagte er: »Du kennst den Unterschied. Jetzt kommt. Wenn wir die Tür schließen, kann sich Agis in der Dunkelheit vielleicht davonschleichen.«

Agis nickte. »Geht nur«, sagte er. »Meine Kraft kehrt zurück. Mir wird nichts passieren. Und selbst wenn sie mich fangen, bezweifle ich, daß Tithian es zulassen würde, daß sie mir Schaden zufügen.«

»Ich werde dieses Risiko nicht eingehen«, erklärte Sadira, deren Kraft ebenfalls zurückkehrte. »Wir müssen den Wächter umstimmen und Agis hineinbringen.«

»Den Wächter kann man nicht umstimmen«, antwortete Ktandeo schwach. »Alles, was er hat, ist der Glaube an die Lehren seines Gottes, und diese Lehren verbieten es Agis, diesen Tempel zu betreten.«

Am anderen Ende des Hofes stiegen noch mehr Templer den steilen Wall hinab. Agis erhob sich und wollte gehen, aber Sadira ergriff seinen Arm.

»Der Gott kann nicht mehr leben! Kalak würde das unter seiner eigenen Stadt niemals dulden«, widersprach Sadira. »Der Wächter hat nichts zu verlieren, wenn er eine Ausnahme macht.«

»Du verstehst das nicht«, sagte Ktandeo und zog sich endgültig hoch. »Die Götter der Ehrwürdigen sind keine Hexerkönige. Sie waren viel mächtiger, und jene, die sie verehren, taten dies von ganzem Herzen – nicht so, wie die Templer Kalak verehren.«

»Was ist mit diesen ehrwürdigen Göttern geschehen?« fragte Agis.

Ktandeo schüttelte den Kopf. »Wie aller Ruhm der Vergangenheit sind sie verblaßt. Niemand weiß, warum.«

Sadira zog Agis auf den Eingang zu. »Ich kümmere mich nicht um den Erlaß irgendeines toten Gottes oder den Glauben eines Gespenstes an ihn.«

Ktandeo versperrte ihr den Weg. »Um Agis hineinzulassen, muß der Wächter mit seinem Glauben brechen«, sagte der alte Mann, und seine Stimme wurde wieder kräftiger. Er deutete auf das Innere des Schreins. »Jedesmal, wenn ein karmesinroter Ritter mit seinem Glauben bricht, erlischt eine Kerze. Sage mir eines. Sieht es so aus, als seien während der letzten zweitausend Jahre viele Kerzen erloschen?«

Sadira hatte kaum Zeit, den Raum zu betrachten, aber auf den ersten Blick sah sie gar keine erloschenen Kerzen.

»Wenn du bei Agis bleiben mußt, dann bleibe bei ihm«, sagte Ktandeo und zog die Tür so weit zu, daß nur noch ein winziger Strahl roten Lichts aus dem Tempel entwich. »Laßt mich hierbleiben und geht. Ich werde in Sicherheit sein, bis meine Kräfte zurückkehren, und ihr beide werdet ohne mich eine größere Chance haben, den Templern zu entkommen.«

»Wo werde ich Euch wiederfinden?« fragte Sadira.

»Ich werde euch finden«, antwortete Ktandeo und winkte sie fort. Er ließ die Tür ein Stück geöffnet, damit er sie beobachten konnte.

Sadira ergriff Agis' Hand und floh die linke Seite der Treppe des Tempels hinab. Es schien, als sei die Reihe der Templer vor ihnen ziemlich weit auseinandergezogen. Sie hoffte, durch eine der dunklen Lücken zwischen ihren brennenden Fackeln hindurchschlüpfen zu können.

Plötzlich erhob sich die Stimme des Befehlshabers über den Hof. »Sie haben die Richtung geändert!« rief er. »Sie bewegen sich auf die linke Seite des Hofes zu!«

Die sechs Templer auf dem Hof schlugen sofort die angegebene Richtung ein.

»Wie konnte er uns von dort oben ausfindig machen?« fragte Agis enttäuscht. »Es kommt mir so vor, als könnte er uns riechen!«

»Er kann uns nicht riechen, aber er kann uns spüren!« rief Sadira und erkannte plötzlich, wie ihnen die Templer sowohl zum Betrunkenen Riesen als auch durch die dunklen Höhlen von UnterTyr gefolgt waren.

»Was?« fragte Agis. »Was meinst du?«

»Auf magischem Wege! Er kann spüren, wo wir sind, indem er Magie benutzt«, antwortete Sadira. »Habt Ihr immer noch diese Bronzescheibe, die Ihr dem Wirt geben wolltet?«

»Ja, hier.« Er legte die Münze in die Hand der Halbelfin.

Sadira lächelte in der Dunkelheit. »Das führt sie zu uns«, sagte sie, änderte die Richtung und führte Agis wieder die Stufen hinauf. Wenn sie mit der Bronzescheibe recht hatte, dann würden sie tatsächlich fliehen können.

»Caro muß sie in Eure Geldbörse gesteckt haben, bevor Ihr ihn an diesem Tage fortgeschickt habt«, flüsterte Sadira, als sie oben an der Treppe angelangt waren. »Die Templer haben uns mit ihrer Hilfe zum Betrunkenen Riesen verfolgt und dann auf Ktandeo gewartet, bevor sie ihre Falle haben zuschnappen lassen. Wegen dieser kleinen Münze konnten sie es sich leisten, Geduld zu zeigen.«

Auf der anderen Seite des Hofes stieß der Befehlshaber einen Fluch aus und schrie dann: »Sie haben die Richtung geändert! Sie eilen wieder auf die Türen des Tempels zu!«

Die sechs Templer auf dem Hof wandten sich wieder dem Zentrum des Schreins zu. Glücklicherweise hatte der kleine Umweg der sechs Männer ihr Vorankommen verzögert, und sie hatten den Hof erst zur Hälfte überquert.

»Dutzende von Männern sind jeden Tag in der Weinschenke aus und ein gegangen«, warf Agis ein. »Wie konnten die Templer wissen, wer unser Kontaktmann war?«

»Auch durch Caro«, antwortete Sadira und eilte wieder

auf den winzigen Strahl roten Lichts und somit auf die Stelle zu, wo Ktandeo die Tür noch immer leicht geöffnet hielt. »Er war dabei, als Ihr mich auf Raduraks Versteigerung gekauft habt. Er ist sicher in der Lage gewesen, Ktandeo zu beschreiben.«

Vor ihr verbreiterte sich der Lichtstrahl, als sich die Tür öffnete. Ktandeo streckte den Kopf heraus. »Ich werde eure Flucht decken«, rief er heiser. In dem schwachen roten Glühen, das aus dem Eingang fiel, sah die Zauberin, wie er seinen Stock auf die sechs Templer auf dem Hof richtete.

»Lauft.«

»Wartet...«

Im gleichen Augenblick, in dem Sadira dies sagte, aktivierte Ktandeo seinen Stock und rief dann: »Erdenfeuer!«

Eine Kugel fluoreszierenden, grünen Gases schoß aus dem Stock und schwebte über den Hof. Die Templer blieben regungslos stehen, als die Wolke in ihrer Mitte niederging. Die Steine begannen zu zischen, und glühender Dunst breitete sich auf dem Hof aus wie Bodennebel. Im Handumdrehen veränderte er seine Farbe zu einem vibrierenden Blau. Ein blendender Blitz erschien, und die Templer schrien gleichzeitig auf. Als Sadiras Sicht wieder klar wurde, war der Hof vollständig dunkel.

Ktandeo stöhnte und hielt sich an der Tür fest, um nicht zu Boden zu sinken. Die Zauberin wollte ihn auffangen, aber plötzlich hallte ein gewaltiger Donnerschlag von der felsigen Decke und dem Boden der Höhle wider. Ein Lichtblitz schoß über den Hof hinweg und schlug in die geöffnete Tür ein.

»Ktandeo!« schrie Sadira, die einen Moment geblendet war.

Als ihre Sicht wieder klar wurde, sah die Zauberin, daß der Blitz die Tempeltür nicht einmal versengt hatte. Sie hoffte daher, daß Ktandeo unverletzt davongekommen war, aber dann sah sie die zusammengebrochene Gestalt des alten Mannes zwischen den Doppeltüren liegen.

Sadira eilte zu ihm und nahm auch seinen Stock auf. Als sie sich neben den alten Mann kniete, sah sie warmes Blut aus seinen Ohren und seinem Mund strömen. Obwohl der Lichtblitz die Tür des Tempels nicht einmal versengt hatte, hatte er doch Ktandeos Rippen gebrochen.

Die Zauberin ließ den Stock in die Hand ihres Lehrmeisters gleiten. »Wird das helfen?« fragte sie. Tränen begannen ihre Wangen hinabzulaufen und auf das Gesicht des alten Mannes zu tropfen. Ktandeo stieß den Stock fort. »Nein, dieser Stab nimmt nur Leben.« Er erlitt einen heftigen Hustenanfall und spie einen Klumpen hellroter Flüssigkeit aus. Als er schließlich wieder sprechen konnte, sagte er: »Sadira, du mußt zu Nok gehen.«

»Nok?« fragte sie. »Wo...«

Der alte Mann ergriff ihr Handgelenk. »Hör zu! Nimm meinen Stock, und geh zu Nok im Wald der Halblinge. Nimm den Speer und töte Kalak. Tithian hat dich betrogen, aber die Gefahr, die er Agis gezeigt hat, ist real.«

»Was ist mit dieser Gefahr?« fragte Sadira. »Sagt es mir.«

»Nok, er wird...« Ktandeo wurde von einem Hustenanfall geschüttelt, und Sadira wartete geduldig. Sie versuchte nicht zu behaupten, daß der alte Mann überleben würde. Für sie beide wäre es zu offensichtlich eine Lüge gewesen, und sie wollte den Mann, der sie die Magie gelehrt hatte, nicht auf diese Weise beleidigen.

Als Ktandeo aufgehört hatte zu husten, winkte er sie nahe zu sich heran. »Du wirst die Antwort dort erfahren«, sagte er. »Es gibt aber noch etwas, was ich dir sagen muß, Sadira.«

Sie beugte sich vor, um seine letzten Worte hören zu können.

»Ja.«

»Sei vorsichtig«, sagte er und deutete auf die Tasche, die

ihr Zauberbuch enthielt. »Wenn die Templer nicht gekommen wären, hätte ich dir dies nie zurückgegeben. Du bewegst dich zu nahe am Abgrund. Wenn du noch einen Schritt weiter gehst, wirst du so tief fallen, daß du das Licht nie wiedersehen wirst.«

Danach hustete er noch ein letztes Mal und schloß dann für immer seine Augen.

Asticleswein

Rikus interessierte sich nicht besonders für den Wein der Asticles. Die hellgoldene Farbe erinnerte ihn an etwas, was er lieber nicht trinken wollte, und der herbe, trockene Geruch kitzelte seine Nase. Der Wein hatte einen schwachen, leichten Geschmack, der seinen Mund trocken werden ließ, und nach jedem Schluck hatte der Mul Durst nach etwas Reichhaltigerem und Süßerem. Verglichen mit dem Fruchtsirup, der in Tithians Sklavengruben ausgeteilt wurde, war der Asticleswein trotzdem zumindest trinkbar und erheblich stärker, als sein wäßriges Aussehen vermuten ließ. Außerdem kam es dem Gladiator vor, wenn er ihn trank, als stehle er einem Adligen etwas, und dieses Gefühl gefiel ihm.

Rikus hob sein kristallenes Glas und fragte: »Wie wäre es mit noch etwas mehr davon?«

»Nehmt euch, was ihr wollt. Mein Herr wird nichts dagegen haben«, erklärte Caro, der sich als Diener von Agis von Asticles vorgestellt hatte. Der runzlige alte Zwerg nahm eine Karaffe auf und füllte erneut die Gläser seiner Gäste.

Rikus, Neeva und Caro saßen in einer geschützten Laube auf dem westlichen Hof des Asticlesanwesens. Die Laube stand auf einer kleinen Terrasseninsel inmitten eines tiefen Teiches. Eine schmale Brücke führte von der Insel zu dem Marmorsäulengang, der den Teich umgab und an der anderen Seite von einer Schutzmauer aus Granit umgeben war.

Wunderbare Seerosen bedeckten die Oberfläche des Teichs. Seerosen trieben pinkfarbene, herzförmige Blüten mit perlmutternen, weißen Blättern.

Hin und wieder ruckte eine der Blumen ein- oder zweimal, und dann erschien Anezkas kraushaariger Kopf, während sie nach Luft schnappte. Sie war nun schon in dem Teich, seit sie angekommen waren, wo sie sowohl Caro als auch ihre Begleiter damit überrascht hatte, daß sie ihre staubigen Kleider augenblicklich abgelegt hatte und in den Teich gesprungen war.

Rikus und seine Begleiter hatten die vergangenen vier Tage damit verbracht, sich durch die Wüste zu schleichen und in Farogärten zu schlüpfen, um unbewachte Sklaven nach dem Weg zu fragen. Sie hatten damit nur wenig Erfolg gehabt, denn die meisten Gärten waren verlassen gewesen, von Ungeziefer verwüstet oder von Plünderern verbrannt. Bei den beiden Gelegenheiten, wo sie jemanden getroffen hatten, hatte der jeweilige Sklave sie für Räuber gehalten und war hilferufend davongelaufen. Schließlich war das Gladiatorentrio zur Straße gegangen, wo sie einem Templer aufgelauert hatten. Er hatte ihnen für einen gnädigen, schnellen Tod gesagt, was sie wissen mußten. Nach der viertägigen Zerreißprobe war Rikus so müde und durstig gewesen, daß er Anezka in den Teich gefolgt wäre, wenn er gewußt hätte, wie man schwimmt.

»Was wird dein Heer denn davon halten, daß ein Halbling in seinem Teich schwimmt?« fragte Rikus.

Caro beobachtete, wie Anezkas schmale Gestalt unter einer Seerose hindurchglitt und lächelte dann ein wenig schief. »Macht euch keine Gedanken um meinen Herrn«, sagte der Zwerg. »Wenn wir wollten, könnten wir auch noch den letzten Tropfen seines Weines trinken und tagelang in seinem Teich schwimmen. Er würde uns gegenüber niemals etwas darüber verlauten lassen, das kann ich euch versprechen.«

»Dann trinke ich auf das Wohl von Agis von Asticles. Möge sich sein Reichtum mehren!« sagte Neeva und hob ihr Glas. Als Caro auf diese Geste nicht reagierte, fragte die Frau:

»Was ist falsch daran? Es ist doch nur angemessen, auf das Wohl seines Gastgebers zu trinken.«

»Auf sein Wohl zu trinken, würde für mich bedeuten, auf das Wohl meiner Knechtschaft zu trinken«, erwiderte der Zwerg mit undurchdringlichem Gesicht.

»Es gibt Schlimmeres als diese Art der Sklaverei«, sagte Neeva und umschrieb mit einer Handbewegung den ganzen verschwenderisch ausgestatteten Hof. »Dies ist das Paradies!«

»Im Vergleich mit unseren Sklavengruben vielleicht«, gab Rikus zu und rollte sein Kristallglas zwischen seinen schmutzigen Fingern hin und her. »Aber Sklaverei ist Sklaverei. Ich bezweifle, daß Caros Herr ihn sehr viel anders ansieht als diesen Säulengang oder sein Haus. Alles ist Besitz.«

Caro nickte. »Ich hätte es nicht besser ausdrücken können, mein Freund.«

»Vergeßt meinen Trinkspruch«, sagte Neeva und begann, ihr Glas in einem Zug zu leeren.

Rikus ergriff ihr Handgelenk. »Verschwende den Wein nicht!« sagte er. »Sklaven bekommen schließlich sehr wenig davon. Wir müssen uns einfach etwas Besseres ausdenken, worauf wir trinken können.«

Caro hob sein Glas. »Auf eure Freiheit«, sagte er.

Sie alle drei tranken ihren Wein in einem Zug aus. Der Zwerg füllte erneut ihre Gläser und stieß die leere Karaffe dann gleichgültig in den Teich. Sie landete auf einer Seerose und kam inmitten des riesigen Blattes zur Ruhe.

»Habt ihr schon darüber nachgedacht, wo ihr von hier aus hingehen werdet?« fragte Caro.

Rikus nickte. »Wenn wir Sadira gefunden haben, werden wir uns einem Sklavenstamm anschließen«, sagte der Mul.

»Ich fürchte, ihr werdet eine ganze Weile warten müssen, bevor ihr mit Sadira sprechen könnt«, erklärte Caro. »Sie ist mit Fürst Agis in der Stadt, und ich weiß nicht, wann sie zurückkommen werden. Vielleicht solltet ihr eine Nachricht hinterlassen. Ich werde dafür sorgen, daß sie sie erhält.«

Rikus schüttelte den Kopf. »Wir werden warten...«

»Wir können nicht lange warten«, unterbrach Neeva ihn. »Die Cilops sind wahrscheinlich längst auf unserer Spur. Wenn wir wirklich eine Chance haben wollen zu entkommen, müssen wir weiterziehen – und die Berge erreichen, bevor sie uns erwischen.«

»Es wäre nicht fair, Caro mit dieser besonderen Nachricht zu belasten«, sagte Rikus.

Neeva hielt Rikus' Blick gleichmütig stand. »Tithians Spion beobachtet Sadira. Wenn Caro hier und Sadira in Tyr ist, dann kann Caro nicht der Spion sein, oder?«

»Spion?« stöhnte Caro, und sein Kiefer fiel hinunter. Kurz darauf schloß er den Mund wieder. »Wie habt ihr herausgefunden, daß es einen Spion im Haushalt meines Herrn gibt?«

»Das ist eine lange und wenig erzählenswerte Geschichte«, sagte Rikus, der absolut kein Verlangen danach hatte, Erinnerungen an den Tod von Yarig heraufzubeschwören, indem er über den Gaj sprach. »Wenn du uns sagst, wo dein Herr und Sadira sind, können wir sie erreichen, bevor wir in die Berge ziehen.«

»Ich fürchte, es ist unmöglich, sie zu finden. Als ich meinen Herrn und Sadira das letzte Mal gesehen habe, waren sie zu einem Treffen unterwegs. Sie sind nicht zurückgekehrt«, erklärte Caro, und ein plötzliches Stirnrunzeln unterstrich die tiefen Krähenfüße um seine Augen noch. »Ich fürchte, daß etwas mit ihnen geschehen sein muß.«

»Wir kommen zu spät!« schrie Rikus und schleuderte sein Glas über den Teich. Es zerschellte an der äußeren Mauer und verursachte ein leichtes Klirren von splitterndem Glas, das durch den ganzen Säulengang hallte.

Neeva reagierte ruhiger. »Wie lange ist dieses Treffen her?« fragte sie. »Wo sollte es stattfinden?«

»Agis und Sadira verschwanden vor drei Tagen«, erzählte Caro. »Keiner von beiden wollte mir sagen, wohin sie gingen, aber beide benahmen sich ziemlich auffällig wegen dieser Geschichte. Ich vermute, daß ihr Ziel irgendwo am Elfenmarkt lag.«

Rikus stand auf. »Dann gehen wir dorthin.«

Der alte Zwerg glitt von der Bank und ließ sich zu Boden fallen. »Ich habe im Haus etwas, was euch vielleicht helfen könnte.«

»Was?« fragte Neeva.

Caro lächelte. »Es ist eine Überraschung«, sagte er. »Ich bin sicher, daß ihr es recht bemerkenswert finden werdet.«

Nachdem der Zwerg gegangen war, nahmen Rikus und Neeva die Waffen wieder auf, die sie bei der Flucht von Tithians Ländereien mitgenommen hatten. Jeder band einen Dolch an den Gürtel seines Lendenschurzes, und dann kniete sich Rikus an den Rand des Teichs, um Anezkas Aufmerksamkeit zu erringen.

Gerade als der Mul ihre Gestalt auf sich zugleiten sah, hörte er dumpfe Schritte außerhalb des Säulengangs. Er schaute auf und sah die gedrungene Gestalt eines Halbriesen den gebogenen Eingang versperren. Sein braunes Haar hing in langen, schmierigen Strähnen über seine Ohren, und er hatte vorgewölbte Brauen über einem Paar müder Augen. Der Halbriese trug eine purpurfarbene Tunika, die mit Kalaks goldenem Stern geschmückt war, und in einer Hand hielt er eine glatte Knochenkeule, die größer war als ein Zwerg. Die Oberschenkel des Wächters hatten den gleichen Umfang wie die Säulen des Bogengangs, und er mußte sich bücken, um nicht an der Decke anzustoßen.

»Im Namen von König Kalak, bleibt, wo ihr seid!« bellte der Halbriese. Seine Stimme polterte über das stille Wasser des Teichs und hallte von der gegenüberliegenden Mauer wider. Als der Wächter auf die Brücke zuging, trat ein zweiter Halbriese, der ein wenig stämmiger und kleiner war als der erste, in den Eingang.

Anezka streckte kurz ihren Kopf zwischen zwei Seerosen hervor. Als sie Rikus' erschreckten Gesichtsausdruck und die Halbriesenwächter sah, glitt sie wieder unter die Wasseroberfläche und verschwand unter den treibenden Blättern.

»Neeva!« rief Rikus und sprang wieder auf die Füße. »Gib mir den...«

Der Mul hatte es zu spät gesagt. Als er die Hand nach dem Speer ausstreckte, pfiff der bereits an seinem Kopf vorbei. Der Schaft erwischte den ersten Halbriesen an der Brust und blieb dort stecken. Der Wächter fiel auf die Knie und dann auf sein Gesicht.

Der zweite Wächter begann über den reglosen Körper seines Kameraden hinwegzuklettern. Ein dritter Halbriese kam durch den Eingang und wählte dann einen anderen Weg.

Rikus suchte das Gelände unter der Laube nach etwas ab, was er als Waffe benutzen könnte. Die Obsidiandolche von Neeva und ihm schienen keine wirkungsvolle Waffen gegen Halbriesen zu sein.

Als der Blick des Mul auf die Bank fiel, kam ihm eine Idee. Er gab Neeva seinen Dolch und zeigte dann mit einer Kopfbewegung auf den nächsten Halbriesen. Rikus brauchte kein Wort zu sagen, damit seine Kampfpartnerin wußte, wie sie seinen Angriff decken sollte.

Der zweite Halbriese war inzwischen über seinen toten Kameraden hinweggeklettert und hatte die Brücke betreten. Rikus legte seine großen Arme um die Bank und hob sie hoch, wobei er vor Anstrengung stöhnte. Dann wandte er sich der Brücke zu.

Der Halbriese legte ein Drittel des Weges mit einem Schritt zurück. »Halt!« rief er.

Rikus griff an, wobei er die Bank wie einen Rammbock hielt. Der Halbriese grinste und hob seine Keule.

Hinter dem Mul blitzte plötzlich Neevas Dolch auf und bewegte sich als schwarzer Strich über seinen Kopf hinweg. Er traf den Wächter mit dem Heft voran an der Stirn. Ohne Schaden anzurichten, prallte er ab und landete mit dumpfem Schlag auf einer Seerose. Dennoch erfüllte der Angriff seinen Zweck, den Halbriesen lange genug aufzuhalten, daß er seine Keule nicht herabsenken konnte, bis Rikus das Ende der Bank in seine Brust gerammt hatte. Ein lautes Krachen erscholl von seinem Brustbein, und ein schweres Stöhnen kam über seine Lippen. Er schlug mit den Armen um sich, und die Keule fiel krachend in die Laube. Mit furchtbarem Gebrüll fiel der Wächter zu Boden und rammte dabei eine Säule. Der Marmorpfeiler zerbrach in drei Stücke, und der Halbriese landete fluchend und Rache schwörend zwischen seinen Bruchstücken.

Als sich der Wächter aufsetzen wollte, brach das Dach zusammen und ließ eine halbe Tonne Bruchsteine auf seinen Kopf regnen. Seine Todesschreie verloren sich in donnerndem Poltern. Rikus ließ die Bank fallen und wandte sich um. Er sah, daß sich der dritte Halbriese gegen die Brücke entschieden hatte und sich der Terrasse näherte, indem er durch den Teich watete. Neeva wandte sich ihm bereits zu. Nur mit einem Dolch bewaffnet, trat sie nach vorn, um ihm am Rande der Insel zu begegnen.

An einer Seite der Brücke kam Anezka lange genug aus dem Wasser hoch, um den Dolch zu erreichen, der auf die Seerose gefallen war. Da er vermutete, daß sie vorhatte, unterhalb der Wasseroberfläche anzugreifen, nahm Rikus die Keule des Halbriesen auf und trat an die Seite seiner Kampfpartnerin. Als Neeva den Arm hob, um ihren letzten Dolch zu werfen, legte Rikus eine Hand auf ihr Handgelenk.

»Noch nicht.«

»Vielleicht habe ich Glück.«

Der Mul antwortete nicht, aber er hielt ihren Wurfarm

weiter fest und wartete auf Anezkas Angriff. Als der Halbriese seine Keule hob, um sie auf Neeva herabsausen zu lassen, ließ Rikus sie schließlich los.

»Vielen Dank!« fauchte die blonde Gladiatorin und bereitete sich darauf vor, dem Schlag auszuweichen, anstatt den Dolch zu werfen.

Der Halbriese hielt mitten im Schlag inne. Er schaute auf seine Füße und schrie dann schmerzgequält auf. Dann tauchte er seine Hand in das Wasser hinter seinem Knöchel.

Da er vermutete, daß Anezka die Sehnen am Knöchel des Wächters durchtrennt hatte, schwang Rikus seine Keule auf den Kopf des Halbriesen. Er traf, aber der Stoß ließ ihn bis in die Fußsohlen erbeben, und seine Hände wurden von den Schwingungen taub. Es fühlte sich so an, als habe er eine Marmorsäule statt eines Schädels getroffen.

Die einzige Wirkung auf den Halbriesen war, daß seine Aufmerksamkeit von seinen Füßen abgelenkt wurde.

»Jetzt, Neeva«, schrie Rikus. »Wirf den Dolch!«

Die wuchtige Faust des Wächters schoß aus dem Wasser und traf Rikus ins Gesicht. Der Mul taumelte ein Dutzend Meter weit zurück und krachte gegen einen der Pfähle, die die Laube stützten.

Während Rikus um klare Sicht kämpfte, warf Neeva ihren Dolch. Er traf, mit der Klinge zuerst, und hinterließ einen langen Riß auf der Wange des Wächters. Der Halbriese brüllte und hob seine Waffe, um zuzuschlagen. Neeva warf sich zu Rikus hinüber. Als die Keule auf die Terrasse krachte, brüllte der Halbriese erneut auf und griff dann ins Wasser, wo er seinen anderen Fuß umfaßte. Er machte einen erschrockenen Schritt auf den Säulengang zu. Dabei stolperte er und fiel in den Teich, wodurch Wasser und abgerissene Seerosen überallhin spritzten. Rikus konnte sehen, wie der Halbriese mit den Armen ruderte und sich an den Säulen festklammerte, um nicht zu ertrinken.

Kurz darauf glitt Anezka mit dem blutigen Dolch zwischen den Zähnen aus dem Teich heraus und sammelte ihre Kleider ein.

Die Geräusche eines Kampfes im Säulengang waren bis zu den Farofeldern rund um die Ländereien der Asticles zu hören. Agis und Sadira vermuteten, daß jemand in dem Hof kämpfte, aber mehr konnten sie kaum ausmachen.

Sie kauerten am Rande eines staubigen Feldes und schauten über die kupferähnlichen Felsensträucher, die die Farm von den anderen Ländereien trennte. Dieses Feld war einer der ältesten Bestandteile des Anwesens der Asticles, denn der Felsenstrauch war eine blattlose Pflanze mit harter Oberfläche, die nicht so sehr in die Höhe wuchs, sondern sich vielmehr während der Jahrhunderte vermehrte. Über diesen struppigen Bewuchs hinweg sah der weiße Marmorsäulengang nicht anders als ein beliebiger Flügel des Anwesens aus. Die zwei Halbriesen und der Templer, die davor standen, waren Silhouetten von der Größe von Insekten.

Die beiden Beobachter blieben sowohl von den Felsensträuchern als auch von den Farobäumen vor Sicht geschützt, aber keine der beiden Pflanzen schützte sie vor der brennenden Nachmittagssonne. Sowohl Agis als auch Sadira waren von der Hitze benommen, und ihre Kehlen waren vor Durst so angeschwollen, daß sie manches Mal das Gefühl hatten, an ihren eigenen Zungen zu ersticken.

Sie waren schon seit dem frühen Morgen, als sie von UnterTyr zu Agis' Anwesen zurückgekehrt waren, in den Farofeldern umhergeschlichen. Nachdem Ktandeo gestorben war, hatte ein karmesinroter Ritter den Körper des Magiers in den Tempel gebracht. Sadira hatte die Bronzescheibe, mit deren Hilfe die Templer sie bis zu dem Schrein verfolgt hatten, fortgeworfen, und dann waren sie und Agis davongekrochen und hatten sich am Rande des dunklen Hofes versteckt.

Kurz darauf hatte der Befehlshaber der Templer seinen Männern befohlen, den Schrein zu stürmen. Die karmesinroten Ritter hatten sie an den Eingängen empfangen, und Agis und Sadira hatten das Kampfgetümmel dazu benutzt zu fliehen. Sie waren den Weg zum Betrunkenen Riesen zurückgegangen. Nachdem sie die Weinschenke zerstört und verlassen vorgefunden hatten, waren sie zu Agis' Haus zurückgekehrt, um Vorräte zu holen.

Glücklicherweise hatte Sadira darauf bestanden, daß sie den Morgen dazu benutzten, die Umgebung zu erkunden. Sie hatte das damit begründet, daß Tithian sehr wohl befohlen haben konnte, Agis' Haus beobachten zu lassen. Nach mehreren Stunden des Wartens war es offensichtlich geworden, daß die Vorsicht der Halbelfin berechtigt gewesen war. Vier Gestalten, zwei große und zwei kleine, hatten den Säulengang betreten. Agis hatte die schlurfenden Schritte der einen der kleinen Gestalten als die seines Dieners Caro erkennen können. Kurz darauf hatte Caro den Säulengang verlassen und fünf Halbriesen und einen Templer vom Haupthaus herbeigeholt. Drei der Halbriesen hatten den Säulengang betreten, und dann hatten sie den Lärm eines heftigen Kampfes gehört.

»Es ist an der Zeit, daß ich mein Heim zurückfordere«, sagte Agis, der Caro, den Templer und die beiden Halbriesen beobachtete, die noch immer außerhalb des Säulengangs warteten. »Ich denke, wir sehen dort alles, was von der Gruppe, die Tithian ausgesandt hat, um mein Haus zu beobachten, noch übriggeblieben ist.«

Sadira nickte. »Wenn wir noch länger hier draußen bleiben, wird meine Zunge so anschwellen, daß ich keinen Zauber mehr heraufbeschwören kann.«

Agis betrachtete die Szene noch einige Augenblicke lang und fragte dann: »Kannst du die beiden Halbriesen außer Gefecht setzen?«

Die Halbelfin wollte bereits den Kopf schütteln, schaute dann aber auf den Stock in ihrer Hand und besann sich. »Ich kann sie vermutlich alle töten, aber wir sollten besser ein wenig näher herangehen.«

Agis schaute stirnrunzelnd auf Ktandeos Stock. »Bist du sicher, daß das vernünftig wäre?« fragte er. »Wir wissen nicht viel…«

»Ich weiß genug«, sagte die Halbelfin entschieden. »Und außerdem ist es gefährlich, normale Magie so nahe bei Euren Felsensträuchern zu gebrauchen. Solche langsam wachsenden Pflanzen würden sich von dem Ableiten der Energie vielleicht nie wieder erholen.«

Agis schürzte die Lippen, aber dann nickte er. »Laß nur Caro leben.«

»Ihr könnt doch nicht glauben, daß er uns nicht betrogen hat!« widersprach die Halbelfin.

»Nein, ich kann das sogar nicht einmal mehr hoffen«, sagte Agis. »Trotzdem möchte ich nicht, daß er getötet wird.«

Sadira zuckte die Achseln und schaute dann zum Säulengang hinüber. »Wenn Ihr Caro retten wollt, werdet Ihr den Templer neben ihm töten müssen. Je mehr Entfernung zwischen meinen Zielen und Caro liegt, desto besser.«

Agis nickte, zog dann seinen Dolch und nahm ihn in die Hand. Er schloß die Augen, konzentrierte sich auf seinen Energienexus und eröffnete dann einen Weg von seinem Körper durch seinen Arm und in die Handfläche, die den Dolch hielt. Dann atmete er kurz aus und schloß gleichzeitig seine Finger um den Dolch. Er stellte sich vor, daß sie mit dem Heft verschmolzen und aufhörten, als einzelne Finger zu existieren. Die Waffe wurde zu einem Teil seines Körpers, den er kontrollieren und so leicht lenken konnte wie seine Arme oder Beine.

Als Agis die Augen wieder öffnete, kam es ihm vor, als

habe der Dolch den Platz seiner Hand am Ende seines Handgelenks eingenommen. Er fühlte das Lederheft genauso um den Stahl seines Griffs gewickelt, wie seine Haut seine Knochen bedeckte.

»Bereit?« fragte er.

»So bereit, wie ich immer sein werde«, erwiderte Sadira. »Laßt uns gehen.«

»Wir werden uns auf ihre Neugier, uns näher kommen zu lassen, stützen müssen«, sagte er und führte sie aus dem Faro heraus.

Sie bewegten sich zwanglos durch die hüfthohen Felsenstrauchgebilde, wobei Sadira mehrere Schritte links von dem Adligen ging und ihren Stock schwang, als sei er ein gewöhnlicher Spazierstock. Als sie näher kamen, konnte Agis sehen, daß der Templer, Caro und die Halbriesen alle in Richtung Säulengang schauten und ihre Rücken somit ihm und Sadira zuwandten. Ihre Aufmerksamkeit war ausschließlich auf den kleinen Hof gerichtet, so daß sie ihn und die Zauberin nicht bemerkten.

Als sie auf hundert Schritt herangekommen waren, gab der Templer den beiden Halbriesen ein Zeichen, als wolle er sie in den Säulengang hineinschicken.

»Greif jetzt an!« sagte Agis, weil er annahm, daß es schwierig genug sein würde, die Templer und die Halbriesen innerhalb des Säulengangs auszulöschen, ohne damit zu tun zu haben, daß weitere hinzukämen.

Der Adlige zeigte mit seinem Arm auf den Templer. Der Dolch trennte sich von seinem Handgelenk und ließ nur einen Stumpf zurück. Während er auf sein Ziel zuschoß, hielt Agis seinen Arm weiterhin auf den Kopf des Mannes gerichtet. Für ihn fühlte es sich noch immer an, als sei der kalte Stahl an seinem Arm befestigt, und er lenkte den Flug der Waffe, als benutze er seine Hand, um sie im Rücken seines Opfers zu versenken.

Der Dolch glitt in den Schädel eines Templers. In seinem Handgelenk spürte Agis das Schaben von Stahl auf Knochen. Eine warme Flüssigkeit hüllte die Klinge ein, als sie in den Kopf des Mannes eindrang.

Agis brach den Kontakt ab. Er hatte wenig Interesse daran, den Tod des Mannes aus der Sicht einer Waffe mitzuerleben.

Der Templer fiel vornüber und starb, bevor er auf dem Boden auftraf, wobei er sich dessen wahrscheinlich auch gar nicht bewußt war. Caro, der gerade mit dem Mann gesprochen hatte, starrte verwirrt auf den Leichnam.

Sadiras Angriff war auffälliger. Sie deutete mit dem Stock auf die beiden Halbriesen und rief dann zwei Worte, die Ktandeo einmal ausgesprochen hatte, als er ihn benutzt hatte: »Nok« und »Geisterfeuer«.

Die Obsidiankugel flammte hellorange auf, und dann erschütterte ein donnerndes Dröhnen das Feld. Ein Strom brennenden Lichts schoß aus dem Stock und hüllte die beiden Halbriesen ein. Agis sah nicht, was dann geschah, denn im gleichen Augenblick spürte er, wie eine kalte Hand in ihn hineingriff und ihm einen Teil seiner Lebensenergie entzog. Es fühlte sich ähnlich an wie das eine Mal, als Ktandeo den Stock gebraucht hatte, aber sehr viel stärker.

Ein gewaltiger Schauder durchrann den Körper des Senators. Seine Knie gaben nach, und dann stürzte er durch ein sprödes Felsenstrauchgebilde und fiel bäuchlings zu Boden. Er rollte auf die Seite und schaute zu Sadira hinüber, aber ansonsten fühlte er sich zu abscheulich, um sich zu bewegen.

Die Zauberin war auf die Knie gesunken, hielt Ktandeos Stock in beiden Händen und betrachtete ihn mit einem Blick voller Unwillen und verwirrtem Erstaunen. Ein schwach scharlachrotes Licht glühte aus den Tiefen des schwarzen Knaufs herauf, wandt sich und kroch über die Oberfläche, als sei es lebendig. Das scharlachrote Glühen verblaßte langsam, und Sadira schwankte unsicher. Als das rote Licht ganz verschwunden war, fiel sie vornüber in ein kupferfarbenes Büschel von Felsensträuchern.

Agis zwang sich auf die Knie und schaute zum Wohnhaus hinüber. Caro betrachtete die Stelle am Boden, wo nur einen Augenblick zuvor noch die Halbriesen gestanden hatten. Der Adlige nahm seinen erschrockenen Gesichtsausdruck als Zeichen dafür, daß sie sich zumindest über diese beiden Halbriesen keine Gedanken mehr machen mußten.

Er fand die Kraft, an die Seite der Zauberin zu kriechen, und fand sie, zu einer Kugel zusammengerollt und schwer nach Atem ringend. Ihre Haut war knochenbleich, ihr Gesicht war verstört, und ihr bernsteinfarbenes Haar hatte allen Glanz verloren. Ihr Blick war auf den Stock des alten Mannes geheftet. Agis legte eine Hand unter ihren Ellenbogen. »Sadira? Kannst du mich hören?«

Der Blick der Halbelfin glitt langsam zu seinem Gesicht. Sie schrie erschrocken auf.

»Was ist los? Bist du verletzt?«

»Es geht mir gut«, stöhnte sie.

Agis half ihr auf, während sie ihn weiterhin ansah. »Stimmt etwas nicht?« fragte er.

Sadira schüttelte den Kopf und schien wieder zu sich zu kommen. »Nein. Es ist alles in Ordnung«, sagte sie und strich das Haar an seinen Schläfen zurück. »Ihr seht keine grauen Strähnen in meinem Haar, oder doch?«

»Nein, natürlich nicht. Warum?« Agis hatte die Frage kaum gestellt, als die Antwort für ihn offensichtlich wurde. Er betrachtete entsetzt den Stock mit dem schwarzen Knauf. »Dieses Ding hat also meine Haare grau werden lassen?« stöhnte er.

»Nur einige Strähnen um die Schläfen und oben auf Eurem Kopf«, erwiderte Sadira abwehrend. »Es läßt Euch distinguiert aussehen.«

Agis hörte, daß sich schwere Schritte näherten. Er schaute auf und sah einen großen Mul, der nur einen Lendenschurz trug. Wie alle Mule hatte auch dieser kleine, spitz zulaufende Ohren, war vollständig kahl, und unter seinem Hals schien es nur hervorstehende Muskeln zu geben. Er war ungewöhnlich gutaussehend für einen männlichen Zwerg, denn seine einfachen Gesichtszüge waren ziemlich gut proportioniert und ansprechend. Er hatte ein kräftiges Gesicht mit dunklen ausdrucksvollen Augen, einer stolzen, geraden Nase und einem mächtigen, festen Kinn.

Agis wollte Sadira gerade fragen, ob sie den Mul kenne, als die Halbelfin mühsam auf die Füße kam. »Rikus!« rief sie und breitete ihre Arme aus, um ihn zu umarmen. Als sie sich küßten, stöhnte der Adlige innerlich auf. Obwohl Sadira kein Geheimnis aus ihren Gefühlen für den berühmten Gladiator gemacht hatte, hatte Agis doch nicht erwartet, ihn so bald zu treffen. Schon gar nicht war er darauf vorbereitet, mit der Eifersucht umzugehen, die er plötzlich empfand.

Nachdem Sadira schließlich ihre Lippen von denen des Mul gelöst hatte, fragte sie: »Was machst du hier?«

Rikus lächelte sie an und beugte sich dann, mit einem wachsamen Blick in Agis' Richtung, nahe an ihr Ohr heran und flüsterte ihr etwas zu. Weil er das Gefühl hatte, sich aufzudrängen, erhob sich Agis und schaute fort.

Hinter dem Gladiator näherten sich auch zwei Frauen von dem Säulengang her. Die eine war vollständig Mensch und fast so kräftig wie der Gladiator selbst. Sie hatte eine helle, glatte Haut und eine wohlgerundete feste Figur. Die andere hatte die Größe eines Kindes, mit einem Kopf voller wirrer Haare und einer drahtigen Figur. Zwischen diesen zwei Frauen ging Agis' Diener Caro.

»Wir brauchen vor Agis keine Geheimnisse zu haben«, sagte Sadira, nahm den Adligen beim Arm und stellte sich zwischen ihn und Rikus. »Er weiß alles.«

»Ist das so?« fragte Rikus und hob eine Augenbraue, während er den Senator musterte.

Sadira lächelte schüchtern und ließ die Frage des Mul unbeantwortet.

»Rikus ist aus Tithians Sklavengruben entflohen, um mich wegen Caro zu warnen«, erklärte sie dem Senator.

»Das war sehr mutig«, sagte Agis, der sich nicht sicher war, ob er den Gladiator mit dem traditionellen doppelten Handschlag der höheren Klassen begrüßen sollte oder darauf verzichten sollte, wie es bei jedem anderen Sklaven angemessen gewesen wäre. Er beschloß, darauf zu warten, ob der Mul die Initiative ergreifen würde. »Du hättest dir keine Gedanken machen müssen, Rikus. Wir wissen bereits von Caros Verrat, und deine Flucht ist zu einem äußerst unglücklichen Zeitpunkt erfolgt.«

Der Mul entblößte seine Zähne. »Was meint Ihr damit?«

»Nichts, das versichere ich dir«, sagte Agis und hob beruhigend seine Hände. »Es ist nur so, daß Sadira bei mir sicher ist, und du wärest uns da nützlicher gewesen, wo du warst.«

Rikus streckte die Hand aus und packte die Zauberin am Arm. »Nun, jetzt ist sie bei mir sicher«, sagte er. »Ich warne Euch, wenn Ihr versucht, uns zu folgen, werde ich Euch töten.«

Sadira entzog sich dem Griff des Mul. »Rikus, wo willst du mich denn hinbringen?«

Der Gladiator runzelte die Stirn. »Wir fliehen«, sagte er. »Du kommst mit Neeva und Anezka und mir in die Berge.«

»Ich brauche nicht zu fliehen!« sagte die Halbelfin. »Agis hat mir die Freiheit geschenkt. Und außerdem muß er mit mir zu einem bestimmten Ort gehen.«

Rikus' Enttäuschung war auf seinem Gesicht abzulesen. »Die Freiheit?« echote der Mul halbwegs betäubt. »Er hat dir die Freiheit geschenkt, und du bist noch immer bei ihm?«

Sadira drückte die Hand des Mul und stellte sich auf die

Zehen, um ihn auf die Wange zu küssen. »Es ist nicht für immer, Rikus«, sagte sie. »Ich habe es dir doch gesagt: Er und ich müssen zu einem bestimmten Ort gehen.«

Rikus betrachtete Agis und wandte dann seine Aufmerksamkeit wieder Sadira zu. »Wir werden mit euch kommen.«

»Danke für das Angebot, aber wir kommen ganz gut allein zurecht«, sagte Agis.

»Ich habe nicht um Erlaubnis gefragt«, beharrte der Mul. »Wir werden mit euch gehen.«

»Rikus hat ein Recht, mitzugehen«, sagte Sadira und lächelte Agis bittend an.

»Wir werden schon genug Probleme haben, ohne daß Tithians Sklavenjäger uns zusammen mit seinen Templern jagen«, sagte Agis.

Sadira schüttelte den Kopf. »Worin liegt der Unterschied?« fragte sie. »Gejagt zu werden bedeutet gejagt zu werden. Und außerdem könnte es nichts schaden, drei Gladiatoren bei sich zu haben. Und ich wäre auch nicht überrascht, wenn Anezka uns zu Nok führen könnte, wo immer er auch sein mag.«

Die beiden Frauen, die Caro begleitet hatten, kamen bei der kleinen Versammlung an und machten der Debatte ein Ende. Die Blonde, die Agis für Rikus' wohlbekannte Partnerin Neeva hielt, betrachtete Sadiras Griff um die Hand des Mul und seufzte.

Sie wandte ihre Aufmerksamkeit Agis zu. »Der hier gehört vermutlich Euch«, sagte sie und schob den betagten Zwerg auf ihn zu. Gleichzeitig streckte die Halblingsfrau die Hand mit einem viereckigen Kristall aus grünem Granat aus, und Neeva fügte hinzu: »Er ist sowohl ein Dieb als auch ein Betrüger. Anezka hat ihn dabei erwischt, wie er versucht hat, dies in seine Tasche gleiten zu lassen.«

Agis nahm den grünen Kristall aus Anezkas Hand. »Er gehört nicht mir«, sagte er und betrachtete ihn eingehend.

Der Adlige war bestürzt, als er plötzlich Tithians Stimme in seinen Ohren vernahm. »Wie oft muß ich dir noch sagen, daß du den Kristall nicht so dicht vor deine Augen halten sollst?«

Agis hob eine Augenbraue und folgte dem Befehl. Ein winziges Abbild von Tithians Gesicht erschien in dem Kristall. Als die Gesichtszüge des Templers deutlich sichtbar wurden, sank plötzlich dessen Kinn hinunter. »Agis?«

Der Adlige nickte. »Ja, Tithian. Ich bin es.«

»Wie bist du zu Caros Kristall gekommen?« fragte Tithian. »Du solltest doch im Tempel der Ehrwürdigen gefangen sein!«

»Wir konnten entkommen, aber nicht dank deiner Hilfe«, sagte Agis verbittert. Aus den Augenwinkeln konnte er sehen, daß jeder außer Caro ihn anstarrte, als sei er verrückt.

»Habe ich dir nicht gesagt, daß ich keinen Waffenstillstand vorgeschlagen habe?« fragte Tithian abwehrend. »Wenn du dich erinnerst, so habe ich dir gesagt, du solltest auf dich aufpassen.«

Obwohl Agis dem zustimmen mußte, war er wütend über seinen Freund. »Ich vermute, das genügt dir als Rechtfertigung dafür, daß du mich dazu benutzt hast, die Allianz aufzuspüren?«

»Du bist derjenige, der sich bei dem Aufstand engagiert hat«, gab Tithian zurück. »Wirf es nicht mir vor, wenn du dadurch Schwierigkeiten bekommst.«

»Ich vermute, daß das, was du mir von den Obsidiankugeln und der Pyramide gezeigt hast, nur ein Köder war?« fragte der Senator.

»Nein. Es war ziemlich real«, sagte der Hochtempler. Obwohl es schwierig war, seine Mimik auf dem winzigen Abbild in dem Kristall zu deuten, fand Agis, daß Tithian erschrocken aussähe. »Sage mir, wie haben die Verschleierten die Nachricht erhalten?«

»Warum sollte ich dir überhaupt etwas sagen?« fragte Agis.

»Weil mein Angebot noch immer gilt«, erwiderte Tithian. »Verzeih mir, wenn ich skeptisch bin.«

»Du kannst es dir nicht leisten, leichtfertig darüber hinwegzugehen!« sagte der Hochtempler. »Du hast keine Ahnung von dem, was ich für dich getan habe. Kalak weiß von deinen Abenteuern mit der Verschleierten Allianz. Wenn ich dich nicht benutzt hätte, wärest du inzwischen tot!«

»Ich danke dir für deine Rücksichtnahme«, bemerkte Agis sarkastisch.

»Wenn du Caros Kristall hast, weißt du sicher auch, daß Rikus und Neeva entkommen und zu deinem Anwesen hinausgezogen sind, um nach Sadira zu suchen.« Tithian hob einen einzigen Finger in den Sichtkreis. »So viele Tage würde ich brauchen, um sie aufzuspüren. Wie du siehst, sind sie noch immer frei. Ich habe ihre Abwesenheit geheimgehalten und keine Verfolger oder Cilops ausgesandt. Ich habe sogar die Wächter töten lassen, die ihren Verschlag leer vorgefunden haben.«

Dieses letzte Detail überzeugte Agis davon, daß sein alter Freund die Wahrheit sagte, denn das war genau die Art skrupellosen Vorgehens, das der Hochtempler nicht scheute, wenn er ein Geheimnis schützen mußte.

»Was auch immer die Verschleierte Allianz mit meinen Gladiatoren vorhat, ist noch immer möglich«, fuhr Tithian fort. »Niemand außer mir und meinem zuverlässigsten Untergebenen weiß, daß sie geflohen sind.«

»Das ist alles schön und gut«, erwiderte Agis, der wirklich erleichtert war, daß es keine Sklavenjäger gab, die sie in die Berge hetzen würden. »Aber du willst die Verschleierte Allianz noch immer mit allen Mitteln aufspüren. Auf welcher Seite stehst du eigentlich?«

»Wo auch immer der Boden in einem bestimmten Moment am sichersten ist«, antwortete Tithian offen. »Ich bin in der Mitte gefangen. Wenn ich keine Fortschritte gegen die Feinde des Königs verzeichnen kann, wird Kalak mich töten. Gleichzeitig fürchte ich, was er für die Spiele zu Ehren der Zikkurat geplant hat, was auch immer das sein mag.«

»Also wärest du bereit, ihn zu töten?« fragte Agis, der herausfinden wollte, wie weit sein Freund gehen würde.

»Das kann nicht geschehen«, wandte Tithian ein.

»Und wenn es geschehen könnte?« drängte Agis.

In dem Kristall schloß Tithian einen Moment lang die Augen. Als er sie wieder öffnete, sagte er: »Ich würde niemanden davon abhalten, es zu versuchen.«

Agis lächelte. »Das ist alles, was ich wissen muß«, sagte er und legte seine Hand über den Kristall.

»Warte!« rief Tithian. Der Senator nahm seine Hand wieder fort, und der Hochtempler lächelte. »Wenn ich mitspielen soll, bis der Angriff auf Kalak Erfolg hat, muß ich den Ort des dritten und letzten Knochenamuletts in der Zikkurat erfahren.«

»Ich wußte, daß wir dir nicht trauen können«, seufzte Agis.

»Das ist wohl kaum wahr«, bemerkte Tithian. »Du kannst darauf vertrauen, daß ich auf mich aufpassen werde. Sei versichert, daß mir deine Seite immer das anbietet, was ich suche.« Der Hochtempler hielt inne und rieb gedankenvoll sein Kinn. »Du solltest jene, die den Schleier tragen, am besten durch Sadira benachrichtigen lassen, daß es in ihrem besonderen Interesse liegt, den Ort des Amuletts preiszugeben. Du wirst herausfinden müssen, wie du mir die Information zukommen lassen kannst.«

Ohne eine Antwort zu geben, schloß Agis seine Faust über dem grünen Kristall. Dann erklärte er den anderen, was gerade zwischen ihm und Tithian vorgegangen war und gab dann Caro den Stein zurück.

»Es ist vielleicht das beste, Tithian über das Amulett zu informieren«, schlug Sadira zaghaft vor. »Ich weiß, wo die drei Amulette versteckt wurden. Könntest du das dem Hochtempler mitteilen, Caro?« Als der Zwerg nickte, sagte sie ihm schnell, wo die magischen Amulette verborgen waren. »Sie waren ohnehin nicht sehr mächtig«, schloß sie achselzuckend. »Nur ein paar Schutzvorrichtungen, um die Werkstätten des Königs zu blockieren.«

Schließlich wandte sich Agis an seinen Diener. »Wie lange bist du eigentlich schon Tithians Spion?«

Der Zwerg wandte den Blick ab, und seine welken Lippen zitterten vor Angst oder Reue – Agis konnte es nicht sagen. »Noch nicht lange. Erst seitdem Eure Sklaven konfisziert worden sind«, sagte Caro. »Der Hochtempler hat mich zu Euch zurückgeschickt. Er versprach mir, daß ich nach den Spielen meine Freiheit erhalten würde.«

»Und deine Bestimmung?« fragte Agis. »Hat sie sich niemals geändert?«

Caro schüttelte den Kopf. »Nein. Bis zu dem Moment, in dem ich sie verraten habe, bestand sie darin, Euch und der Asticlesfamilie zu dienen.«

»Warum hast du sie aufgegeben?« fragte Neeva.

Caro begegnete dem Blick der Frau offen. »Ich wäre auf der Zikkurat umgekommen, und ich wollte nicht, daß mein Leben endet, ohne daß ich die Freiheit geschmeckt habe.«

»Ich kann dir nicht sagen, wie leid es mir tut, Caro«, sagte Agis, und ein tiefes Gefühl des Bedauerns stieg in seiner Brust auf. »Wenn ich erkannt hätte, wieviel dir deine Freiheit bedeutet, hätte ich sie dir gerne gewährt.«

Caro sah Agis an. »Ich brauche Euer Mitleid nicht«, sagte er verbittert. »Tötet mich einfach, und damit ist es gut.«

»An deiner Stelle wäre ich nicht so versessen aufs Sterben«, sagte Rikus. »Mußt du dann nicht als todverkündender Geist zurückkommen?«

Der alte Zwerg sah Agis an, und dann glitt ein verzerrtes Lächeln über seine Lippen. »Das stimmt«, sagte er, und seine schwarzen Augen sprühten vor Bitterkeit. »Ich muß zurückkommen, um auf den Asticlesländereien zu spuken – auf dem Schauplatz meines Versagens.«

»Dann wird es noch einige Zeit dauern, bis wir uns wiedersehen, hoffe ich«, sagte Agis.

»Was soll das bedeuten?« fragte Rikus.

»Jeder Mensch wird mit dem Wunsch nach Freiheit in sich geboren, genauso wie er mit dem Wunsch zu essen und zu trinken geboren wird. Jeder, der jemals Sklaven gehalten hat, weiß das.«

»Wie auch jeder Sklave«, sagte Rikus.

»Jemanden seiner Freiheit zu berauben ist, als würde man ihm die Nahrung verweigern«, sagte Agis, dessen Blick noch immer auf Caros welkes Gesicht gerichtet war. »Wenn ein Mensch nichts zu essen und zu trinken hat, übermannt seinen Körper ein schleichender Tod. Wenn er keine Freiheit hat, ist es der Geist, der stirbt.«

»Ist das so?« fragte Rikus. »Welcher Adlige kümmert sich schon um den Geist oder das Leben seines Sklaven?«

»Ich tue es!« erwiderte Agis heftig und schlug sich auf die Brust. »Ich habe niemals einem Sklaven sein Leben genommen!«

»Dann seid Ihr ein seltener Sklavenhalter«, sagte Sadira.

Agis sah die Halbelfin an. »Vielleicht, aber ich bin nicht besser als die anderen. Ich sehe ein, daß meine Philosophie mich beinahe zu einem Heuchler gemacht hätte. Darum wollte das Gespenst mich nicht in den Karmesinroten Schrein hineinlassen.«

»Was wollt Ihr dagegen unternehmen?« fragte Sadira, und ihre hellen Augen suchten seinen Blick.

Agis wandte sich an den uralten Zwerg. »Caro, ich habe kein Recht, etwas von dir zu erbitten«, sagte er und löste die

Geldbörse, die an seinem Gürtel befestigt war. »Dennoch möchte ich dich bitten, dem Haus der Asticles einen letzten Dienst zu erweisen. Geh zu den Sklaven, die noch in meinen Sklavenhäusern verblieben sind. Sage ihnen, daß sie gehen oder bleiben können, wie es ihnen beliebt.«

Das Gesicht des Zwerges spiegelte seine Überraschung wieder. »Und ich?«

»Geh und genieße deine Freiheit.«

Der Zwerg nahm die Geldbörse, die ihm der Adlige anbot, und ging davon, ohne noch ein Wort für seinen Herrn zu haben. Während er zusah, wie Caro sich unter der brennenden Sonne dahinschleppte, erkannte Agis, wie wenig seine Geste jemandem bedeuten mußte, der sein ganzes Leben in der Sklaverei verschwendet hatte. Vielleicht würde es andere geben, die er vor einem Leben als Sklave retten könnte. Diese Hoffnung sollte sein Gewissen besänftigen, das Agis plagte, aber sie beruhigte ihn nur für kurze Zeit.

Der grüne Gang

»Steht auf!« rief Rikus und richtete seinen starren Blick auf Agis. »Wir haben keine Zeit zum Ausruhen!«

Der Adlige schaute einen Moment lang zu dem Gladiator hoch und murmelte dann mit monotoner Stimme. »Ich brauche keine Erlaubnis, um mich hinzusetzen«, sagte er und legte erneut den Kopf in die Hände. »Oder um irgend etwas anderes zu tun.«

Sie befanden sich hoch oben in den Klingenden Bergen und mühten sich einen schmalen Felsenvorsprung hinauf. Auf einer Seite ragte ein tausend Fuß hoher, kegelförmiger Granitgipfel empor, und auf der anderen Seite öffnete sich ein steiler Abgrund mehr als eine Meile tief. Unter der Klippe lag das Tal von Tyr. Ihr Ziel lag vor ihnen verborgen: der magische Speer, den Ktandeo Sadira gegenüber erwähnt hatte. Er allein unter allen Waffen von Athas würde ihnen die Macht geben, den Hexerkönig zu bekämpfen.

»Wir kommen zu langsam voran«, sagte Rikus, der im kalten Bergwind zitterte. Er trug nur seinen Lendenschurz und ein Paar derbe Schuhe, denn er hatte Agis' Angebot, ihm etwas Wärmeres auszuleihen, entschieden abgelehnt. In der Hand trug der Mul den einzigen Gegenstand, den er sich hatte geben lassen, eine Knochenaxt mit zwei nebeneinander angeordneten Klingen. Rikus deutete nach vorne zum Ende des Felsvorsprungs, auf den Rand einer tiefen Schlucht. »Wo ist Anezka?« fragte er. »Wenn wir sie jetzt verlieren, werden wir Nok oder Sadiras verdammten Speer niemals finden.«

»Sie wird zurückkommen«, sagte Agis und rieb sich die

Schläfen. Obwohl Rikus seine Kleidung reichlich geckenhaft fand – Agis trug hohe Wanderstiefel, lederne Hosen und einen rostfarbenen Harnisch mit einem passenden Fellumhang –, mußte er zugeben, daß diese Ausrüstung immerhin warm aussah. Agis sah Sadira und Neeva an und fügte dann hinzu: »Die Frauen müssen sich ausruhen.«

Rikus folgte seinem Blick und musterte Sadira, die einige Meter hinter dem Adligen ging, bekleidet mit einer ledernen Hose und einem Fellumhang. Irgendwo in Agis' Haus hatte sie auch einen Hut mit zwei Bändern entdeckt, die an ihrer Nase entlangliefen und sich unter ihren Wangen kreuzten wie eine Gesichtsbinde. Der Mul hatte adlige Damen mit ähnlichen Hüten gesehen, und es störte ihn, Sadira stolz ihre albernen Moden imitieren zu sehen.

Hinter der Halbelfin kam Neeva heran, die sich mit schwerfälligem, aber stetem Schritt den Hang hinaufmühte. Natürlich stammte die einzige Kleidung, die Agis für eine Frau ihrer Figur hatte besorgen können, aus seinen Sklavenhäusern. Dennoch sah es so aus, als habe sie es in ihren Hanfhosen und einem groben wollenen Umhang ziemlich bequem, und mit dem Trikal mit Stahlklinge in der Hand schien sie sich wohl zu fühlen. Sie hatte sich sehr gefreut, als Agis ihr die Sachen geschenkt hatte, und das störte den Mul noch mehr als Sadiras Vernarrtheit in ihren neuen Hut. Dieser Agis von Asticles war viel zu sehr darum bemüht, sich bei den entflohenen Sklaven beliebt zu machen.

»Die Frauen sehen so aus, als ginge es ihnen besser als Euch«, sagte Rikus und machte sich über die Schwäche des Adligen lustig. »Zumindest bewegen sie sich noch.«

Obwohl Agis es nicht zeigte, wußte Rikus, was er empfand. Als sie ihre Kletterpartie begonnen hatten, hatten die Gefährten alle eine gewisse Kurzatmigkeit und ungewöhnliche Mattigkeit an sich bemerkt. Als Anezka sie höher in die Berge hinaufgeführt hatte, war dieses Gefühl immer schlimmer geworden. Ihre Köpfe hämmerten in einem Schmerz, der sie blind machte, die bloße Bemühung zu atmen erfüllte ihre Lungen mit brennender Qual, und die Muskeln ihrer Beine waren vor Müdigkeit taub. Der Unterschied zwischen Agis und seinen Gefährten war nur, daß der Adlige nicht an längere Entbehrung und Anstrengungen gewohnt war, während die anderen dies schon ihr ganzes Leben lang kannten.

Agis ignorierte die Stichelei, griff in seine Tasche und zog seinen Wasserschlauch hervor. Er war bereits halb leer, denn die Gruppe war nicht mehr auf frisches Wasser gestoßen, seit sie vor drei Tagen die Berge betreten hatten.

Als der Adlige den Verschluß öffnete, rief Rikus: »Wir haben keine Zeit. Hebt Euch das für später auf.«

Agis sah den Mul spöttisch an. »Ich trage es. Ich werde davon trinken, wann es mir gefällt.«

»Unser Wasser wird knapp«, grollte Rikus und trat auf den Adligen zu.

»Unsere Vorräte sind noch lange nicht erschöpft«, widersprach Agis. »Außerdem habe ich einige Zeit in der Wüste verbracht. Ich kann Wasser finden, wenn es knapp wird.« Der Adlige schaute über die öde Gebirgslandschaft rundum und fügte dann hinzu: »Auf jeden Fall bevor wir zu sterben drohen.« Er hob den Wasserschlauch erneut an die Lippen.

Der Mul griff nach dem Schlauch. »Eure Schwäche wird uns das Leben kosten!«

Agis zog den Schlauch fort. »Was tust du?«

»Uns vor Euch schützen!« erwiderte Rikus. Er stürzte sich erneut auf den Wasserschlauch und packte ihn dieses Mal am geöffneten Hals.

Agis zog fest genug in die andere Richtung, um den Mul daran zu hindern, daß Rikus ihn bekam. »Rikus, wenn wir so weitermachen, werden wir das, was von dem Wasser noch übrig ist, noch verschütten«, sagte er in herablassend ruhigem Tonfall.

»Was tut ihr beide?« schrie Sadira, während sie näher trat.

Rikus ignorierte sie. »Ich werde Euch dies nicht austrinken lassen«, sagte er und weigerte sich, nachzugeben. Auch der versteckten Drohung nicht. »Eher schütte ich es auf den Boden.«

Agis ließ den Wasserschlauch los. »Du bist Narr genug, um das zu tun, nicht wahr?«

»Ich sollte Euch Euren Schädel spalten«, konterte Rikus.

Unbeeindruckt von der Drohung wandte sich Agis Sadira zu. »Ich glaube, Rikus hätte meine Situation nicht besser veranschaulichen können, nicht wahr?«

»Zieht mich da nicht mit hinein«, sagte sie und rieb ihre Schläfen. »Das ist eine Sache nur zwischen euch beiden.«

Neeva gesellte sich zu ihnen. »Wenn ihr beide weniger Zeit mit Streiten verbringen würdet, wären wir jetzt wahrscheinlich schon im Wald der Halblinge«, sagte sie. Anstatt sich neben Sadira auf den schmalen Sims zu stellen, blieb sie lieber hinter der Halbelfin stehen. »Vielleicht brauchen wir einen Anführer.«

Rikus lächelte seine Kampfpartnerin an und blickte dann schmunzelnd zu Agis hinüber. »Gute Idee«, sagte er und schloß den Wasserschlauch wieder. »Wir trinken dann, wenn ich es sage.«

Der Adlige runzelte die Stirn. »Neeva sagte, daß wir einen Anführer brauchen, aber ich habe niemanden sagen hören, daß du es sein sollst.«

Rikus betrachtete Agis verächtlich. »Wer sonst könnte es sein?« fragte er. »Ihr seid zu schwach.«

Agis' Augen blitzten auf. »Ich habe mehr als ein Jahr damit verbracht, das Wesen der Wüste zu erforschen«, sagte er mit beherrschter Stimme. »Ich bezweifle, daß dir dein Hintergrund die gleichen Möglichkeiten liefert.«

»Wir sind in den Bergen, nicht in der Wüste«, knurrte Rikus, der sich nicht ganz sicher war, ob der Adlige seinen

Kommentar als Feststellung oder als Beleidigung gemeint hatte. »Außerdem ist es mir egal, wieviel Zeit Ihr in der Wüste verbracht habt. Ihr seid trotzdem zu schwach.«

»Und du bist zu töricht«, entgegnete Agis wütend. »Du verwechselst anführen mit angeben, und die einzige, dir bekannte Möglichkeit, ein Problem zu lösen, ist, jemanden zu töten.«

Rikus starrte Agis schweigend an. Es war wahrscheinlich ein Körnchen Wahrheit an dem, was der Adlige gesagt hatte, denn er hatte niemals etwas anderes gelernt als zu kämpfen. Diese Erkenntnis trug allerdings wenig dazu bei, seinen Wunsch zu mäßigen, Agis zu packen und über die Klippe zu stoßen.

»Keiner von euch sollte der Anführer sein«, sagte Neeva und trat vor Sadira.

»Was meinst du? Sollen wir etwa dir folgen?« fragte Rikus.

»Vielleicht«, antwortete Neeva. »Zumindest sind meine Gedanken auf Nok und den Speer gerichtet.«

»Seit wann hast du so großes Interesse an dem Speer?« fragte Rikus. »Erzähle mir nicht, daß du etwas mit diesem verrückten Plan, Kalak zu ermorden, zu tun hast.«

Neeva hielt seinem Blick stand. »Was glaubst du, was ich hier tue?«

Rikus runzelte die Stirn und konnte nicht antworten. Er hatte stillschweigend angenommen, daß Neeva diese Reise nur deshalb unternahm, weil er es tat. Es war ihm gar nicht in den Sinn gekommen, daß sie einen anderen Grund dafür haben könnte.

»Wenn du nicht hier bist, weil du Kalak töten willst, warum hast du denn dann darauf bestanden, mitzukommen?« fragte Agis betont.

Der Mul deutete auf die Halbelfin. »Um Sadira zu beschützen«, sagte er. »Sie hat mir das Leben gerettet, also schulde ich ihr eine Ehrenschuld. Ich muß ihr Leben verteidigen, bis diese Schuld bezahlt ist.«

Der Senator lächelte. »In diesem Falle besteht keine Notwendigkeit, daß du weiter mit uns gehst. Ich bin absolut in der Lage, als Verteidiger für die junge...«

»Vergeßt es«, bellte Rikus und sah Agis starr an. Er hatte den wahren Grund für seine Anwesenheit allerdings nicht genannt: Er wollte einfach bei Sadira sein.

»Warum kehrt ihr nicht beide um?« fragte Neeva. »Wir werden weitaus schneller vorankommen, wenn wir nicht alle paar Meilen anhalten und warten müssen, weil ihr zwei euch wegen Sadira bekämpft.«

»Sie diskutieren, sie kämpfen nicht«, bemerkte Sadira. »Außerdem gibt es nichts, worum sie kämpfen müßten. Eine Frau kann für mehr als einen Mann Gefühle entwickeln.«

Neeva rollte die Augen.

»Genauso wie Rikus dich und mich liebt«, fuhr Sadira fort. »Trotzdem sieht niemand uns streiten.«

»Wir sind aber auch nicht wirklich Freundinnen«, erwiderte Neeva kalt. »Und ich würde auch nicht sagen, daß das, was Rikus für mich empfindet, Liebe ist.« Mit diesen Worten schaute sie zum Ende des Felsvorsprungs. »Dort ist Anezka. Wenn wir Nok jemals erreichen wollen, sollten wir lieber mit ihr Schritt halten. Sie wird es bald leid sein, auf uns zu warten.«

Rikus warf Neeva einen ärgerlichen Blick zu, sagte aber nichts. Wie immer hatte seine Kampfpartnerin mit wenigen bissigen Kommentaren den Kern der Sache getroffen.

Als der Mul nach vorn schaute, sah er Anezka am Ende der Felsenplattform stehen und ihn und die anderen mit angewidertem Gesichtsausdruck betrachten. Sie wandte sich der Bergspitze zu ihrer Rechten zu, machte einige Schritte und verschwand außer Sicht.

Der Mul folgte ihr und sah, daß sie einen weiteren Felsvorsprung betreten hatte. Dieser Sims war so schmal, daß er auf den ersten Blick nicht mehr zu sein schien als eine dunkle Linie, die sich an der schattigen Seite der Bergspitze entlangwandt, bis sie um die entgegengesetzte Flanke des Berges herum verschwand.

Rikus nahm sich einen Moment Zeit, um seine Doppelaxt an seiner Tasche zu befestigen und betrat dann den Sims. Er war kaum breiter als seine Füße und war mit einer Schicht losen Staubes bedeckt. Dennoch bewegte sich Anezka so sorglos auf ihm entlang, als ginge sie durch einen breiten Gang, der in das große Stadion von Tyr führte. Rikus folgte ihr, wobei er insgeheim fürchtete, daß der Sims unter seinem Gewicht zusammenbrechen würde.

Überrascht entdeckte er, daß dieser Vorsprung selbst ziemlich massiv zu sein schien, aber die dicke Schicht Staub, die ihn bedeckte, bedeutete eine ständige Bedrohung. In ganz kurzer Zeit glitten die glatten Sohlen seiner Schuhe auf dem losen Untergrund aus, so daß er in den tiefen Abgrund zu stürzen drohte. Er schaute zurück, um die Person hinter ihm vor dem trügerischen Untergrund zu warnen, sagte aber nichts, als er sah, daß es Agis war. Sogar wenn er den Wunsch gehabt hätte, ihn zu beschützen, hätte der Adlige den Rat wohl kaum in freundlicher Form aufgenommen. Rikus wandte sein Gesicht dem Berg zu, so daß er beide Arme dazu benutzen konnte, sich Halt zu suchen. Langsam tastete er sich über den Sims und trat den Schmutz vor jedem Schritt beiseite. Er hatte immer gehört, daß man von großer Höhe nicht hinabsehen sollte, also versuchte er, seinen Blick auf die Bergspitze gerichtet zu lassen.

Nach einiger Zeit erkannte er aber, daß dies ein entsetzlicher Fehler war. Der endlose Himmel über ihm erfüllte seinen Geist mit Bildern eines bodenlosen Abgrunds unter seinen Füßen. Als er ungefähr ein Viertel des Weges über den Sims zurückgelegt hatte, flammte ein Bild in seinem Geist auf, wo er in die Schlucht unter ihnen stürzte. Immer wieder sah er sich von einer zerklüfteten Felswand abprallen, wobei seine Gestalt von Sekunde zu Sekunde kleiner wurde und die Echos seiner Entsetzensschreie aus immer größerer Entfernung zu ihm drangen. Schließlich schrumpfte sein Körper zu einem Fleck zusammen und verschwand einfach in dem dunklen Abgrund.

Rikus ignorierte die Vision, so gut er konnte, und schlich weiter auf dem Sims entlang. Auf halbem Wege stellte sich der Mul vor, daß nicht seine eigene, sehnige Gestalt in den Abgrund stürzte, sondern Neevas. Er sah sie einmal, zweimal von der Klippe abprallen und dann langsam, mit dem Kopf zuerst, in den Abgrund tauchen. Zu seiner Überraschung stellte er fest, daß seine Knie bei diesem Gedanken zitterten.

Als er den größten Teil des Simses überquert hatte, glitt Rikus aus, als er sein Gewicht von einem Fuß auf den anderen verlagerte. Er stieß einen kurzen Schrei aus, und dann klammerten sich seine Finger an kleine Felsvorsprünge und verhinderten seinen Sturz. Rikus' Beine begannen zu zittern. Er stellte fest, daß er schwer und schnell atmete, und weiße Flecken flimmerten vor seinen Augen. Daraufhin schloß er die Augen und hielt sich so stark an den Felsvorsprüngen fest, daß seine Unterarme schmerzten.

Agis kroch neben Rikus. »Was ist los?« fragte er. »Brauchst du Hilfe?«

»Nein!« zischte Rikus mit geschlossenen Augen. »Es geht mir gut. Was ist mit Neeva und Sadira?«

»Sie sind vermutlich besser dran als wir«, erwiderte Agis. »Sie haben sich aneinandergebunden.«

»Was? Das ist doch töricht«, murmelte Rikus und öffnete die Augen. »Wenn eine von ihnen fällt, wird sie die andere mit hinunterziehen.«

Agis' grimmiges Gesicht schwitzte den bitteren Schweiß

der Angst aus. Wie Rikus hatte auch er die Felsen so fest gepackt, daß die Venen auf seinen Unterarmen hervorstanden. Die Knie des Adligen zitterten ebenfalls, wenn auch nicht annähernd so schlimm wie die des Mul.

Obwohl es ihn auf gefährliche Weise benommen machte, legte Rikus den Kopf zurück, damit er die beiden Frauen sehen konnte. Sie hatten sich zusammengebunden und arbeiteten sich auf sehr viel ruhigere Art über den Sims vor als die Männer. Zuerst ging Neeva die Länge des Seils weit voraus. Sadira wartete hinter ihr und beobachtete die andere Frau sehr genau, bereit, einen Zauber heraufzubeschwören, der ihrer beider Fall verhindern würde. Sobald sich Neeva dem Ende des Seils näherte, suchte sie sich einen Platz, an dem sie sich gut abstützen konnte. Während Sadira hinter ihr herankam, nahm die Gladiatorin das Seil auf und hielt sich bereit, die kleinere Frau abzufangen, falls sie einen falschen Schritt tun sollte.

»Keine schlechte Idee«, sagte Rikus anerkennend.

»Ich frage mich, ob wir etwas Ähnliches versuchen sollten«, antwortete Agis.

Rikus schaute über die Schulter zu seiner Tasche und dann zwischen seinen Füßen hindurch in die finsteren Tiefen des Abgrunds. »Wollt Ihr hier Euer Seil aus Eurer Tasche herausklauben?«

Agis schaute ebenfalls hinab. »Ich glaube nicht.«

»Ich auch nicht«, erwiderte Rikus. »Wir werden einfach, so gut es geht, allein zurechtkommen müssen.«

Der Mul begann sich erneut über den Sims zu tasten. Bald nahm er einen fremdartigen Duft wahr, einen erdigen Geruch, den er nie zuvor gerochen hatte. Er schien süß und sauer zugleich, mit Schattierungen von Wohlgeruch und auch Verfall. Rikus schaute westwärts. Anezka wartete in kurzer Entfernung vor ihnen an einer Stelle, wo der Sims die Flanke des Berges überquerte. Hinter ihr führte eine verschwommene Linie die ganze Länge des Grates entlang. Sie sah aus wie eine aufgewühlte, grünliche Wolke, die nahe über dem Boden hing. Manchmal erinnerten ihre Umrisse Rikus vage an einen ungewöhnlichen Baum, den er einmal im Tal von Tyr gesehen hatte, aber er hatte niemals einen gesehen, der sich so wandt und drehte, wie diese es zu tun schienen.

Als er näher herankam, hörte Rikus das wilde Schnattern und Schreien fremdartiger Wesen. Der Wind trug jetzt etwas heran, was er noch nie auf seiner Haut gespürt hatte: einen kalten Nebel. Die Luft war schwer, weil es kurz zuvor geregnet hatte, und der Mul konnte jetzt erkennen, daß die seltsame Silhouette, die auf dem Grat entlanglief, in Wahrheit die Krone eines Waldes war – eines Waldes, der zu tanzen schien, aber dennoch ein Wald war.

Der Mul hätte nicht sagen können, wie viele Male sie in der letzten Woche ähnliche Grate oder Berghänge erklommen hatten. Jedesmal hatten sie erwartet, das riesige Waldgebiet der Halblinge vor sich ausgebreitet zu sehen, hatten dann aber immer wieder nur die felsigen Hänge eines noch höheren Berges entdeckt, der hinter jenem verborgen gewesen war, den sie gerade überquert hatten. Von Freude und Erregung durchdrungen, schaute Rikus jetzt zurück und lächelte Agis offen an. »Wir sind da!« sagte er und deutete auf den Grat.

Der Fuß des Mul glitt aus, und so verlagerte sich unerwartet einiges Gewicht auf seine Hand, die sich noch immer an die Vorderseite des Felsens klammerte. Seine Finger glitten von dem Felsvorsprung ab. Sie schabten schmerzhaft über eine Reihe winziger, scharfer Grate an der felsigen Vorderseite und griffen vergebens nach jedem noch so kleinen Vorsprung, an dem sie vorüberglitten.

Rikus stürzte hintenüber.

Die Klippe fiel aus seiner Reichweite, während der azurblaue Himmel vor den Augen des Mul auftauchte. Der entfernte Gipfel des Berges flammte auf. Agis rief seinen Namen.

Rikus sah, wie sich seine Füße über seinen Kopf wälzten, und dann rasten die einsamen Tiefen des Abgrunds zu ihm empor, um ihm zu begegnen. Aus der Ferne hörte er Neeva und Sadira schreien und glaubte sogar einen schrillen Laut aus Anezkas Richtung zu hören. Dann überschlug er sich erneut und erblickte auf einmal Agis, der mit intensiver Konzentration abwärts starrte und mit einem langen Finger auf ihn zeigte.

Es schien Rikus, als hörte sein Herz auf zu schlagen. Ein schwaches, schwindelerregendes Gefühl des Entsetzens drehte ihm den Magen um, und der Klang seines eigenen Schreis erfüllte seine Ohren. Er sehnte sich nach dem einzigen, wonach ein Mann sich in einer solchen Situation sehnen kann, aus Angst zu sterben, bevor sein Körper auf den weit unter ihm liegenden Steinen zu einem roten Sprühregen werden würde.

Als sich der Mul erneut überschlug, öffnete sich plötzlich ein schwarzer Durchlaß unter ihm. Er tauchte hinein. Ein eisiger Windstoß riß ihm die Luft aus den Lungen. Während er durch den dunklen Tunnel glitt, hatte Rikus genug Zeit, sich zu fragen, woher dieser Durchlaß gekommen war. Einen Augenblick später prallte sein Körper auf dem Grund auf.

Der Atem schoß aus seinen Lungen, und sein Körper wurde in heftigem Schmerz geschüttelt. Der Mul rollte sich zusammen. Zu seiner Überraschung hielt der Schmerz an. Er fühlte, wie er einen steilen Hang hinabglitt. Als er die Augen öffnete, sah er grünen Farn und schwarze, fruchtbare Erde unter seinen Wangen. Winzige, starke Hände legten sich auf seine Schultern und hielten seinen Fall auf. Rikus schaute auf. Die weichen, vertrauten Gesichtszüge eines kleinen Gesichts mit wildem Blick begrüßten ihn.

»Anezka?« stöhnte er und stellte überrascht fest, daß er noch atmen konnte.

Die Halblingsfrau runzelte die Stirn und nickte dann. Sie stellte ihre Füße auf beide Seiten seiner Schultern und zog ihn hoch, daß er sitzen konnte. Der Mul hielt bei dem Anblick vor seinen Augen überrascht die Luft an.

Die Berge auf dieser Seite der Bergkette waren noch steiler als jene gegenüber von Tyr. Anstatt mit dürren, gelborangen Felsen waren die Hänge mit einem dichten Wald von Koniferen mit indigofarbenen Nadeln bedeckt. Diese riesigen Bäume sahen aus, als vollführten sie einen einfachen, kreisenden Tanz. Ihre roten Stämme waren durch Gelenke unterteilt, die knarrten und stöhnten, wenn der mächtige Wind sie zu einer endlosen Abfolge von Formen verdrehte.

Es gab auch kleinere Bäume – zumindest nahm Rikus an, daß es Bäume waren – mit dicken, kugelförmigen Stämmen, die mit weißer Rinde überzogen waren. Auf diesen Kugeln erhoben sich Büschel riesiger Wedel mit herzförmigen Blättern. Lange Moosfäden hingen von den Zweigen aller Bäume, aus denen eine erstaunliche Anzahl von farbenprächtigen Pilzen sproß. Die meisten waren wie Glocken geformt und hatten den gleichen Umfang wie Rikus' Faust. Auf dem Boden blühte eine aufgebauschte, wogende Masse gelben Gestrüpps. In der Ferne erhob sich mehr als ein Dutzend steiler Grate, die mit derselben üppigen Vegetation bewachsen waren.

Eine gewaltige Wolke bedeckte den Fuß der Berge wie eine riesige Decke, die im Licht der untergehenden Sonne rosa erglühte. Diese Wolke sandte Ranken dicken Nebels aus, die in jedes einzelne der tiefen Täler zwischen den Graten vor ihnen krochen.

Rikus bemerkte es kaum, als Agis hinter ihm herankam. »Es tut mir leid wegen der rauhen Landung.«

Der Mul ging auf die Entschuldigung nicht ein. »Es ist gut,

daß Anezka mit uns gekommen ist«, sagte er und deutete auf den riesigen Wald, der sich unter ihnen ausbreitete. »Ohne sie würden wir Nok zwischen all diesen Bäumen niemals finden.«

Sänger

Agis erwachte von einer eigentümlichen Serenade melodischen Zirpens, das von dem leichten Prasseln eines sanften Regens untermalt wurde. Ohne seine Augen zu öffnen, räkelte sich der Adlige auf seinem Bett aus Bodenwolken – der Name, den sie dem aufgebauschten Schwammgestrüpp gegeben hatten – und gähnte. Träge streckte er die Hand aus, um Sadira zu umarmen. Statt ihrer weichen Haut berührte er jedoch etwas Rundliches und Warmes, das mit rauhen Borsten bedeckt war. Das Zirpen wurde sanfter und melodiöser.

»Wer ist da?« fragte Agis. Als seine Benommenheit nachließ, erinnerte er sich daran, daß sie sich alle entschlossen hatten, allein zu schlafen, um die eifersüchtige Spannung in der Gruppe zu mindern.

Der Adlige öffnete die Augen und starrte im fahlen Licht der Dämmerung auf sechs saphirblaue Augen. Unter den edelsteinartigen Kugeln ergriffen zwei bewegliche Fänge eine große Menge der Bodenwolken und stopften sie in einen haarigen Mund. Während das Wesen fraß, rieb es zwei Paar glänzender Vorderbeine aneinander, womit es die Töne verursachte, die den Adligen geweckt hatten. Vier weitere Beine trugen den wie eine Walze geformten Körper, auf dem jetzt Agis' Hand ruhte.

Erschreckt aufstöhnend riß Agis seine Hand zurück und griff nach seinem Schwert. Die große Spinne reagierte, indem sie einen Seidenfaden, der von ihrem Bauch zu einem Spinnennetz über ihr führte, hinaufeilte. Dort blieb sie, baumelte auf und ab und rieb ihre Vorderbeine aneinander, bis sanfte, beruhigende Töne erklangen.

Agis setzte sich auf und beobachtete die singende Spinne vorsichtig. Er stellte erstaunt fest, daß das Wesen, während er geschlafen hatte, hoch über ihm ein solides, zeltartiges Netz geknüpft und es an den Stämmen von vier tanzenden Koniferen befestigt hatte. Obwohl das Netz schwankte und wogte, wenn der Wind die Bäume zu verschiedenen Formen verdrehte, konnte Agis sich nicht über den Schutz beschweren, den ihm das Werk der Spinne gewährte. Außerhalb seines Zeltes fiel ununterbrochen Regen, aber er war so trocken geblieben, als habe er unter dem Dach seines eigenen Anwesens geschlafen. Es gab auf dem Platz noch ein Dutzend ähnlicher Schutzdächer. Unter jedem nährte sich eine zirpende Spinne von den Bodenwolken. Sadira, Neeva und Rikus waren jeder von einem Netz geschützt. Nur Anezka lag ungeschützt im Regen, zu einer nassen Kugel zusammengerollt, und zitterte in der Kälte. Anscheinend war sie während ihrer Wache eingeschlafen, denn sie lag in einiger Entfernung von ihrem Lager auf dem Boden.

Die Spinne über Agis zirpte zaghaft und streckte dann zwei Beine zum Boden hin aus. Der Adlige lachte wegen seiner instinktiven, heftigen Reaktion auf das Wesen leise in sich hinein und legte dann sein Schwert beiseite. Zu seiner Überraschung stieg die Spinne an einem dicken Seidenfaden herab und landete neben ihm. Sie begann wieder zu fressen und zirpte zufrieden, wodurch Agis jetzt deutlich empfand, wie friedlich der Waldmorgen war. Im Gegensatz zu den roten Sonnenaufgängen im Tal von Tyr war das Licht der Dämmerung hier weich und üppig und grün, und die grausame Sonne blieb hinter dichtem Morgennebel verborgen.

Agis wurde nachdenklich und betrachtete seine schlummernden Begleiter. Ihre Körper waren angespannt und verkrampft, als würden sie sich sogar im Schlaf unter der Peitsche krümmen – oder, was noch wahrscheinlicher war, von dem Tag träumen, an dem sie jene töten würden, die sie in Knechtschaft gehalten hatten.

»Was tue ich hier, Sänger?« fragte Agis, der nicht wußte, wie er das spinnenartige Tier anders nennen sollte. Er wurde sich plötzlich der enormen Unterschiede bewußt, die ihn von seinen Begleitern trennten. »Meine Vorfahren würden mich für verrückt halten, weil ich die Ländereien und den Namen der Asticles für Sklaven aufs Spiel setze.«

Die Spinne zirpte einige heitere Noten, rückte dann näher an Agis heran und rieb ihren borstigen Körper an seinem Bein. Er vermutete, daß das Wesen seinen Rücken gerieben haben wollte, aber er konnte sich nicht überwinden, es erneut zu berühren. Er war ein wenig verärgert, weil das Erscheinen der Spinne ihn beunruhigte, aber unabhängig davon, wie freundlich das Wesen auch war, ekelte er sich trotzdem vor ihm.

Statt dessen sagte er: »Wir wissen dennoch, was richtig ist, nicht wahr? Wenn meine Vorfahren aus Prinzip anstatt aus Angst gehandelt hätten, dann brauchten wir uns vielleicht keine Sorgen darüber zu machen, was Kalak für seine Spiele plant.«

Während Agis sprach, teilte sich auf der anderen Seite des Lagers ein Moosvorhang. Zwei Halblinge kamen in Sicht und krochen leise auf ein nahegelegenes Spinnenzelt zu, wobei ihre Schritte durch das Platschen des Morgenregens gedämpft wurden. Sie waren von Größe und Erscheinung her Anezka ähnlich, außer daß sie beide männlich und nur mit groben Lendenschurzen bekleidet waren. Der Regen wusch den Schmutz in langen Streifen schwarzen Schlamms von ihren Körpern. In ihren Händen hielten sie Speere mit Feuersteinspitzen, und an ihren Gürteln hingen kurze Dolche aus geschliffenen Knochen.

Der Adlige wollte gerade seine Freunde wecken, als die beiden Halblinge behutsam ihre Speere beiseite legten und auf die Spinne losstürzten, an die sie sich herangeschlichen hatten. Kein einziger Zweig knackte, und sie verursachten auch sonst keine Geräusche, die Agis hätte hören können, und sogar ihr Ziel schien sich ihrer nicht bewußt zu sein.

Der Adlige ergriff sein Schwert und kroch auf den Ausgang seines Zeltes zu. Der Sänger fuhr herum, um zu sehen, wohin er ging. Er zirpte, und diesmal klang es neugierig, aber weder er noch sonst jemand von seinen Verwandten schien wirklich auf die Anwesenheit der Halblinge zu achten. Agis hielt inne und fragte sich, warum die Spinne neben ihm nicht alarmiert zu sein schien. Entweder konnte sie nicht so weit sehen, oder ihre Rasse war eine Art Halblinghaustier oder -herdentier.

Kurz darauf wußte er es. Die Spinne, an die sich die Halblinge angepirscht hatten, fuhr herum, um ihren Angreifern entgegenzutreten. Ihr Zirpen verwandelte sich in einen Alarmschrei, doch dann wurde sie still und versuchte eilig, in ihr Netz zu klettern. Gleichzeitig krabbelten der Sänger und alle anderen Spinnen in ihre Netze, wobei sie weiterhin erregt zirpten.

Die Beute der Halblinge konnte ihr Netz nicht schnell genug erreichen, so daß die beiden Jäger sie erwischten. Als die kleinen Männer ihre Beute zu Boden warfen, trat Agis in den kalten Regen hinaus und rief: »Was tut ihr?«

Die Halblinge, die beide ihre Knochendolche gezogen hatten, schauten Agis an. Der deutete auf seine Schultertasche. »Wenn ihr hungrig seid, haben wir genug Nahrung, um sie mit euch zu teilen.«

Obwohl Agis sehr freundlich zu ihnen gesprochen hatte, nahmen die Halblinge die Worte des Fremden offenbar doch als Drohung auf und huschten aus dem Zelt der Spinne, die sie erbeutet hatten, heraus. Sie verschwanden genauso leise und schnell im Wald, wie sie gekommen waren, und ließen ihre Speere zurück.

Hinter Agis fluchte Rikus, und Neeva schrie: »Hau ab, du haariges Untier!«

Sadira war offensichtlich die letzte, die erwachte und die Spinnen sah. Sie schrie einmal auf und rief dann: »Wo sind die denn hergekommen?«

Agis antwortete nicht, denn er versuchte noch immer, einen Blick auf die Halblinge zu erhaschen. Doch es schien, als würde das schwierig werden. Er sah nicht einmal einen Ast schwanken. Das einzige Zeichen, daß sie dagewesen waren, war die Spinne, die sie angegriffen hatten und die jetzt wieder in ihr Netz geklettert war und ärgerlich zirpte. Die anderen Spinnen entspannten sich und begannen ihre Beine in lebhaften, kühnen Gesängen aneinanderzureiben. Rikus kam als erster zu Aigs herüber. »Was soll all der Lärm?« fragte er. In seiner Hand trug er seine Knochendoppelaxt und in der anderen seine Tasche. »Ihr habt keine Angst vor einer kleinen Spinne, nicht wahr?« Er deutete auf ein nahegelegenes Zelt, wo sich eine der Spinnen bereits wieder an ihrem Seidenfaden zu Boden gelassen hatte.

»Die Spinnen und ich kommen ganz gut miteinander zurecht, insbesondere weil ich gern trocken schlafe«, antwortete Agis und hielt eine Hand mit der Handfläche nach oben in den eisigen Regen, der ihn jetzt durchweichte. »Ich habe zwei Halblinge verjagt.«

»Halblinge?« fragte Neeva und trat neben sie.

Bevor Agis antworten konnte, gesellte sich Sadira zu ihnen, deren Tasche bereits auf ihrem Rücken hing und die sich auf Ktandeos Stock stützte. Ihre freie Hand gebrauchte sie dazu, über ihre Schultern und ihr Haar zu streichen.

»Du kannst aufhören, dich herzurichten«, spottete Neeva. »Nach wenigen Minuten in diesem Nieselregen wirst du genauso erbärmlich aussehen wie wir anderen.«

Sadira betrachtete die anderen mit angewidertem Blick. »Damit könnte ich leben. Ihr seht doch hoffentlich keine

Spinnweben an mir, nicht wahr?« fragte sie. »Ich kann Spinnweben nicht ausstehen.«

Neeva rollte die Augen, drehte die Halbelfin aber um, damit sie die Schultern der Zauberin betrachten konnte. »Keine Spinnweben.«

»Gut«, antwortete Sadira und stieß einen erleichterten Seufzer aus. »Nun, was ist mit diesen Halblingen?«

»Sie waren hier drüben«, sagte Agis. »Ich habe sie vertrieben, aber vielleicht können wir sie wieder herauslocken.«

»Halblinge sind dafür zu scheu«, brummte Rikus. »Anezka hätte eine bessere...«

Der Mul wurde von dem Schrei einer Spinne unterbrochen, dieses Mal von der Stelle, wo Agis geschlafen hatte. Er wandte sich um und sah Anezka unter dem seidenen Schutzdach mit dem Sänger kämpfen.

»Anezka, nein!« schrie Agis und eilte auf die kleine Frau zu.

Er kam zu spät. Sie hob den Stahldolch, den er ihr gegeben hatte, und versenkte ihn dann im Bauch der Spinne. Der Sänger hörte auf zu kämpfen, rieb aber weiterhin seine Beine aneinander und brachte so klagende, gequälte Töne hervor.

Als Agis sich näherte, sah er, daß die Spinne auf dem Rükken lag. Anezka saß rittlings auf ihrem Brustkasten, nachdem sie dem Bauch der Spinne eine lange, klaffende Wunde zugefügt hatte. Der Sänger stieß mit vier seiner Beine nach ihr, kämpfte schwach mit seiner Angreiferin und zirpte seinen heftigen Schmerz hinaus.

Anezka tauchte ihren Arm in die klaffende Wunde, die sie im Bauch der Spinne eröffnet hatte. Sie tastete einen Moment herum, riß dann schnell an etwas und zog eine Handvoll schaumbedeckter Eier hervor. Die Beine des Sängers bewegten sich noch wilder und erfüllten die Luft mit lautem Heulen. Die anderen Spinnen antworteten mit traurigen Melodien.

Agis packte Anezka bei den Schultern. »Was tust du?« fragte er. Anezkas Arme waren mit grünem Schleim vom Bauch der Spinne bedeckt. Sie sah ihn stirnrunzelnd an und begann die Eier zu essen.

Es war mehr, als der Adlige ertragen konnte. Er packte die Halblingsfrau und warf sie so weit entfernt zu Boden, wie seine Kräfte es erlaubten, wobei er nicht darauf achtete, wo sie landen würde. Daraufhin wandte er sich der Spinne zu, deren Zirpen ihren Schmerz verriet. Mit der Absicht, den Sänger von seinem Elend zu befreien, zog er sein Schwert – stellte dann aber fest, daß er nicht wußte, wie er die Spinne schnell und schmerzlos töten sollte.

»Agis, hinter Euch!« rief Rikus.

Der Adlige fuhr herum und sah, daß Anezka ihren Dolch hob, um ihn auf ihn zu schleudern. Rikus sprang neben den Halbling und schlug ihren Arm im selben Moment zur Seite, als sie die Waffe losließ. Das Messer versank zu Agis' Füßen im Boden.

Der Adlige schaute von dem Dolch zu Rikus. »Danke.«

»Ich habe Euch nur das zurückgezahlt, was Ihr an den Klippen für mich getan habt. Jetzt sind wir quitt«, antwortete der Mul mürrisch. Gleichzeitig packte er Anezka, um sie von einem weiteren Angriff abzuhalten. Sie stieß grollend unverständliche Laute aus und kämpfte gegen Rikus' Griff an.

»Es ist nicht sehr klug, unsere Anführerin so umherzuschubsen«, sagte Neeva und sah Agis mit ihren grünen Augen an. »Worüber regt Ihr Euch überhaupt so auf? Es war nur eine Spinne.«

»Spinnen oder nicht, es sind freundliche Wesen«, sagte Agis und deutete auf die Schutzdächer über ihren Köpfen. »Es wäre genauso leicht für sie gewesen, ihre Netze woanders zu spinnen, und dann hätten wir eine nasse, kalte Nacht gehabt.«

»Vermutlich«, mischte sich Sadira ein. »Aber wir können gerade jetzt keine weiteren Rivalitäten in der Gruppe gebrauchen. Wenn Anezka eine Spinne essen will, dann laßt sie. Immerhin ist es ihr Wald.«

Wieder wurde Agis an die Unterschiede zwischen ihm selbst und seinen vier Begleitern erinnert. Die Gladiatoren hatten ihr Leben damit verbracht, zur Unterhaltung anderer zu kämpfen, also war der Todeskampf der Spinne für sie sicher eine unwichtige Angelegenheit gewesen. Zweifellos hatte Sadira auf Agis' Ländereien weitaus Schlimmeres gesehen – oder sogar erlitten. Es war kein Wunder, daß sie der Schmerz des Tieres gleichgültig ließ, während der Adlige, der sich bewußt von derart Entsetzlichem ferngehalten hatte, ihn mit Abscheu betrachtete.

Aber selbst wenn man die Unterschiede ihres Hintergrundes berücksichtigte, war Agis erzürnt über die Grausamkeit von Anezka. Mit ihr in seiner Gesellschaft, die sich so gefühllos verhielt, konnte er nachempfinden, wie Tithian sich fühlen mußte, wenn er einfach nur das tat, was für ihn notwendig war, um zu überleben. Sein Leben, seinen Besitz und seinen Namen riskieren wollte Agis nur aus Prinzip und nicht aufgrund praktischer Erwägungen.

»Es ist mir gleich, ob Anezka unsere Anführerin ist«, sagte er. »Sinnlose Quälerei werde ich nicht zulassen, weder von ihr noch von irgend jemandem sonst.«

»Wenn es Euch glücklich macht, dann bittet sie, ihr Frühstück zu töten, bevor sie es ißt, aber fangt deswegen keinen Streit an«, sagte Neeva. Sie deutete auf die Mitte des Körpers des Sängers. »Also, wenn Ihr die Spinne von ihren Qualen befreien wollt, dann schlagt hier zu – tief hinein.«

Agis folgte ihrem Vorschlag. Als sein Schwert durch den Körper der Spinne glitt, hörten ihre Beine auf sich zu winden, und sie starb schnell. »Danke«, sagte er. »Woher wußtest du, wo ich zustechen mußte?«

»Wir haben in der Arena oft gegen Riesenspinnen der einen oder anderen Art gekämpft«, erklärte sie und wandte sich der Stelle zu, wo sie ihre Tasche zurückgelassen hatte. »Laßt uns weiterziehen.«

Agis nahm den Dolch auf, den Anezka auf ihn geschleudert hatte, und ging dann zu ihr hinüber. Noch immer wurde sie von Rikus festgehalten. »Ich wäre dir dankbar, wenn du in meiner Gegenwart ein wenig wählerischer wärst mit dem, was du ißt und wie du es ißt«, sagte er zu der kleinen Frau.

Rikus schüttelte verächtlich den Kopf. »Nur ein Adliger kann so schwach sein, sich darüber Gedanken zu machen, wie man eine Spinne ißt.«

»Vielleicht«, erwiderte Agis, ohne seinen Blick von Anezka abzuwenden. »Aber es ist mir ernst mit dem, was ich gesagt habe.«

Der Adlige steckte den Dolch des Halblings in seine Tasche. Er hatte vorgehabt, ihn Anezka als ein Zeichen des Vertrauens zurückzugeben. Aber aus der Art, wie sie ihn ansah, erkannte er, daß sie ihn nur dazu benutzen würde, ihn erneut anzugreifen, sobald er ihr den Rücken zukehrte.

Nachdem Agis die Tasche über seine Schulter gehängt hatte, ließ Rikus den Halbling los. Anezka sammelte verärgert ihre Sachen zusammen und führte die kleine Gesellschaft dann von dem Grat hinab, wobei sie sich so mühelos und leise durch den Wald bewegte, als ginge sie auf trokkenem, ebenem Grund. Hinter ihr bahnten sich Rikus und Neeva mit der Anmut von Felsen krachend ihren Weg. Sadira folgte den Gladiatoren mit Ktandeos Stock in einer Hand, während sie mit der anderen Hand nach Baumwedeln griff, um Halt zu finden. Agis kam als letzter und setzte sehr behutsam jeden Schritt, fluchte dann aber doch leise, wenn er trotzdem bei jedem fünften oder sechsten Schritt ausglitt.

Sie stiegen über eine Stunde lang von dem schlammigen Grat hinab, bevor er abrupt auf einer steilen Klippe endete.

Ohne anzuhalten, änderte Anezka einfach die Richtung, um den Abgrund zu umgehen. Sie stieg an der Seite des Grates hinab, wobei sie die steilen Hänge mit der Anmut eines Felsleoparden überquerte. Die anderen folgten mühsamer und unterstrichen das sanfte Platschen der Regentropfen mit zahllosen Geräuschen: zurückschnellende Zweige, herabstürzendes Felsgestein und gelegentliche Aufschreie, wenn sie ausglitten und zu Boden stürzten.

Nach einiger Zeit hörten sie ein schwaches Zischen, das aus einer Wasserrinne am Fuß des Grates aufstieg. Rikus und Neeva zogen ihre Waffen. Agis zog sein Schwert, und Sadira dachte im stillen über die Zauber nach, an die sie sich im Moment erinnern konnte.

Anezka lachte sie aus und stieg weiter den Hügel hinab. Das leise Zirpen wurde lauter und verwandelte sich in ein unaufhörliches lautes Zischen, das von den Bäumen widerhallte. Agis versuchte sich vorzustellen, was für ein seltsames Wesen diesen Lärm wohl machen könnte, aber er hatte niemals etwas Vergleichbares gehört, und es gelang ihm nicht, auch nur eine Möglichkeit zu ersinnen.

Schließlich gelangten sie an eine Lücke im Gestrüpp. Rikus und Neeva blieben abrupt stehen. Sadira und Agis traten neben die beiden Gladiatoren und hielten dann auch inne, während sich ihre Augen entsetzt weiteten.

Ein zwanzig Fuß breites Gewässer, das silbern und weiß glitzerte, während es einen engen Felskanal hinablief, blokkierte ihren Weg. Agis stand am Ufer und lauschte auf das Tosen und Gurgeln des Flusses, während Anezka hinauswatete und zu trinken begann.

»Wo kommt das alles her?« fragte Rikus, der seine Tasche abgenommen hatte, damit er seinen Wasserschlauch herausnehmen und neu auffüllen konnte.

»Vom Regen«, antwortete Agis, der ebenfalls nach seinem Wasserschlauch griff.

»Es ist zuviel Wasser, als daß das als Erklärung genügen könnte«, sagte Neeva. »Es muß jeden Tag regnen, wenn diese Wasserrinne gefüllt bleiben soll.«

»Warum denkst du, daß es nicht so ist?« fragte Sadira und deutete auf das ausgedehnte Waldgebiet um sie herum. »So viele Pflanzen brauchen viel Wasser.«

»Jeden Tag Regen?« höhnte Rikus. »Das ist unmöglich. Ich habe mein ganzes Leben lang nur fünf Regenstürme erlebt, und das ist schon viel für jemanden meines Alters.«

»Vielleicht wird der Regen von der Magie angezogen«, vermutete Agis, dessen Gedanken mit dem Problem rangen, wie etwas so Erstaunliches wie ein Wald bestehen konnte. »Wenn Magier ihre Magie aus Pflanzen beziehen, dann können Pflanzen vielleicht auch Magie schaffen, die den Regen bringt.«

»Zweifellos ist hier etwas Magisches im Spiel«, sagte Sadira. »Aber wer kann sagen, wie sie wirkt? Es könnte der Wald selbst sein, oder es könnte etwas anderes sein. Ich bin nicht sicher, ob wir es jemals erfahren werden – und vielleicht sollten wir das auch nicht.«

»Nein, in dem Punkt irrst du dich«, widersprach ihr Agis. »Wenn der Wald in den Bergen bestehen kann, dann kann er auch in anderen Teilen Athas' bestehen. Um das zu erreichen, müssen wir zunächst einmal herausfinden, was ihn gedeihen läßt.«

Rikus füllte seinen Wasserschlauch auf. »Der Adlige ist im Kopf genauso schwach, wie es sein Körper ist«, murmelte er vor sich hin.

»Das wäre mir neu«, sagte Neeva. »Hast du seine Farogärten gesehen? Wenn überhaupt jemand einen Wald gedeihen lassen kann, dann ist es sicher Agis.«

»Ich danke dir, Neeva«, erwiderte Agis, der sich durch ihre Unterstützung ermutigt fühlte. »Wenn ich nur für ein Jahr in dem Wald leben könnte...«

»Was auch immer Kalak für Tyr geplant hat, wäre aus und vorbei«, sagte Sadira. »Vielleicht können wir Athas eines Tages mit Bäumen begrünen, aber nicht jetzt.« Sie deutete flußabwärts. Anezka war weitermarschiert und befand sich bereits weit voraus, wobei sie schweigend ihren Weg am Flußufer entlang nahm. »Wir sollten versuchen, sie nicht erneut zu verlieren. Ich fürchte, sie kommt vielleicht nicht mehr zurück, um uns zu führen.«

Sie verschlossen schnell ihre Wasserschläuche und eilten dann die Wasserrinne hinab, hinter Anezka her. Schließlich führte die Senke in eine tiefe, von steilen Hängen begrenzte Schlucht hinab, und der Fluß verwandelte sich in die schäumenden Wasser eines Stromes. Die ganze Schlucht erzitterte unter der Kraft des mächtigen Wasserlaufs, und sein Donnern übertönte jedes andere Geräusch in dem Tal.

Obwohl das Tröpfeln schließlich aufgehört hatte und die Sonne die felsige Uferlinie wärmte, ging Anezka weiter, ohne der Gruppe Gelegenheit zu geben, den Fluß zu bewundern. Sie führte sie am Ufer entlang, und schließlich gelangten sie an einen von Baumzweigen überragten Pfad.

Als sie den Weg betraten, sah Agis aus dem Augenwinkel einen Ast zittern und erblickte dann auch die Silhouette eines Halblings, der sich hinter dem Baum verborgen hielt und mit einem kleinen Bogen auf Rikus' Rücken zielte.

»Rikus, runter!« rief Agis.

Der Mul ließ sich sofort fallen, und im selben Augenblick erklang ein Schwirren aus dem Versteck des kleinen Mannes. Ein winziger, kaum fußlanger Pfeil segelte über Rikus' Kopf hinweg und blieb in dem knolligen Stamm eines Farnbaumes stecken. Als Agis zum Versteck des Angreifers zurückschaute, war der Halbling nicht mehr zu sehen. Neeva und Sadira fuhren herum, die Waffen in der Hand. Als Agis sein Schwert zog, verschwand Anezka am Ende des Pfades im Wald.

»Wo sind sie?« fragte Rikus, als er sich wieder aufgerappelt hatte.

»Ich habe nur einen gesehen, und der ist verschwunden«, berichtete Agis.

»Ihr habt ihn aus den Augen verloren?« fauchte Rikus ärgerlich.

»Du hast ihn nicht einmal gesehen«, blaffte Agis, der mit seinen Blicken noch immer die Bäume absuchte.

Neeva zog den Pfeil aus der weißen Rinde. »Sie können mit diesem Ding wohl kaum großen Schaden anrichten.«

Rikus riß ihr den Pfeil aus der Hand und betrachtete dessen Spitze. »Sie war mit irgendeiner Masse überzogen«, sagte er. »An der Spitze sind noch immer Spuren davon zu sehen.«

Die anderen drei sprachen es gleichzeitig aus: »Gift!«

Ein weiteres Schwirren erklang von der anderen Seite des Pfades her. Dieses Mal streifte der Pfeil Neeva am Oberschenkel. Sie stieß einen erschreckten Schrei aus und schlug ihn fort. Mit der anderen Hand richtete sie ihre Waffe auf eine Gruppe zitternder Koniferen. »Dort ist er«, sagte sie und lief in die Richtung, in die sie ihre Waffe gerichtet hielt. Aber schon beim zweiten Schritt knickten ihre Beine ein, und sie fiel mit dem Gesicht nach unten zu Boden. Sadira kniete sich neben sie. Mit einem Wutschrei sprang Rikus über die beiden Frauen hinweg. Er ignorierte Agis' und Sadiras Warnrufe und verschwand im schattigen Wald.

Agis wollte ihm folgen, aber im selben Moment schrie Rikus schon: »Ich habe den kleinen Schuft!«

Ein scharfes Klatschen erklang, und dann kam der Mul auf dem Pfad zurück. Mit einer Hand hatte er den bewußtlosen Körper des Halblings gepackt. »Vielleicht entmutigt eine Geisel...«

Ein weiteres Schwirren kam aus einem Dickicht von der anderen Seite des Pfades, und ein Pfeil blieb in der bloßen

Brust des Mul stecken. Rikus streifte ihn mit einem schnellen Schlag ab und schleuderte den bewußtlosen Halbling dann auf seinen Angreifer. Er wandte sich wieder dem Gestrüpp zu, fluchte und grollte, brach aber zusammen, noch bevor er den Weg verlassen konnte.

Sadira hielt ihren Stock über den Kopf des Mul, aber Agis rief: »Nein!«

Ohne weitere Erklärung deutete er mit beiden Händen auf beide Seiten des Pfades und schloß die Augen. Nachdem er von seinem Nexus einen Energieweg in beide Arme eröffnet hatte, stellte er sich ein unsichtbares Seil vor, das von tief aus seinem Inneren zu seinen Fingern verlief. Einen Moment darauf zitterten sie vor paranormaler Kraft.

Agis erinnerte sich der Vorliebe des Halblings für Riesenspinnen und beschloß, zwei mentale Konstruktionen zu benutzen, um im Namen des Sängers Rache zu nehmen. Er ließ aus jeder Hand riesige Spinnen entstehen, aber keine, die friedlich zirpten und die Anezka und ihre Gefährten so gern aßen. Die Spinnen, die vor ihm entstanden, waren schwarz und glänzend, mit großen, knolligen Körpern und steinharten Rückenschilden.

Die Spinnen besaßen keine physische Existenz, denn sie lebten nur in Agis' Gedanken. Wenn die Halblinge jedoch ihre Aufmerksamkeit ihm zuwandten, würden die Spinnen den kleinen Kriegern so real erscheinen wie alles andere in dem Wald.

In der Hoffnung, daß die Krieger ihn inzwischen beobachteten, visualisierte Agis, daß seine Gedankenbilder von den Enden seiner Arme fortsprangen. Als sie landeten, war jede von ihnen so groß wie Rikus. Sie eilten auf acht kräftigen Beinen mit Klauen, die so scharf waren wie die Nägel eines Felsleopards und so lang wie Dolche, in den Wald.

Während die Halblinge ihre Aufmerksamkeit auf Agis richteten, entwickelte sich ein schwacher, mentaler Kontakt zwischen ihnen und dem Adligen. Die riesigen Spinnen machten zwei dieser zarten Fäden aus und verfolgten sie wie die seidigen Fäden eines Netzes bis zu ihrem Ursprung. Durch die Augen seiner Spinnen sah der Adlige, wie die zwei Halblinge, die ihn beobachteten, die Brauen hoben. Jeder von ihnen legte einen Pfeil mit schwarzer Spitze auf. Als die Halblinge zielten, betraten Agis' Jäger ihren Geist. Beide Halblinge schrien auf, lösten ihre Bogensehnen aus und schossen die winzigen Pfeile in den Boden. Sie ließen die Waffen fallen und griffen nach ihren Dolchen, da sie überzeugt waren, daß die paranormalen Wesen sie in der Realität angriffen. Agis visualisierte schwarzes, triefendes Gift an den Fängen der Spinnen, und dann ließ er die beiden Bestien angreifen. Die erstaunten Halblinge schrien auf und umklammerten die riesigen Fänge, die ihrem Empfinden nach ihre Körper durchbohrten. Sie wehrten sich nur kurz, wobei sie mit ihren Armen wild um sich schlugen, während sie sich zu befreien versuchten. Schließlich wurden die Krieger lethargisch und still und waren überzeugt davon, getötet worden zu sein.

Dieser Eindruck würde nicht lange anhalten, wie Agis wußte, denn er war nicht tief genug in den Geist der beiden eingedrungen, um sie wirklich zu töten. Das zu tun hätte wertvolle Zeit und Energie gekostet. Außerdem schien es kaum vernünftig zu sein, die kleinen Krieger zu töten, weil diese Halblinge ja gerade den Speer besaßen, den er und seine Freunde brauchten.

Nachdem die beiden aufgehört hatten zu kämpfen, erlaubte der Adlige seinen beiden Jägern, den Wald noch ein wenig länger zu durchstreifen und darauf zu warten, ob weitere Krieger ihre Gedanken aus dem Hinterhalt auf ihn konzentrierten. Schon bald war er ziemlich sicher, daß er alle Krieger außer Gefecht gesetzt hatte.

Agis unterbrach den Energiefluß zu seinen Spinnen, legte

seine Hände auf die Knie und rang keuchend nach Atem. Der Angriff war einer der machtvollsten gewesen, die er je durchlebt hatte, und hatte seinen Körper erschöpft. »Wir sind sicher – im Moment«, schnaufte er.

Sadira sah skeptisch drein. »Was meint Ihr?«

»Der Weg«, erklärte Agis einfach. »Was ist mit Neeva und Rikus?«

»Sie atmen noch«, erwiderte Sadira. »Sie scheinen nicht in Lebensgefahr zu sein.«

»Kannst du sie aufwecken?«

Sadira versuchte es mit Schütteln, mit leichten Schlägen und mit Anschreien. Nichts half. »Wir werden einfach warten müssen, bis sie wieder bei Bewußtsein sind.«

»Das können wir nicht«, sagte Agis und schüttelte den Kopf. »Die Halblinge werden sich in spätestens einer Stunde erholt haben.«

Sadira betrachtete die beiden Gladiatoren. »Warum konnte das nicht mit uns anstatt mit ihnen geschehen?« beklagte sie sich. »Wir werden sie niemals bewegen können.«

»Kannst du nicht irgend etwas tun?« fragte Agis, der seinen Atem endlich wieder unter Kontrolle hatte.

Sadira schüttelte den Kopf. »Ich kenne keinen Zauber, mit deren Hilfe man Leute tragen könnte.«

»Wozu nützt die Magie dann?« seufzte Agis und trat auf Rikus' regungslose Gestalt zu. »Schau, ob du Anezka finden kannst.«

»Es hat keinen Sinn, es zu versuchen«, erklärte Sadira. »Ich habe sie den Pfad hinablaufen sehen, als Rikus fiel.«

Agis schloß die Augen und stieß einen langen Seufzer der Enttäuschung aus. »Was sollen wir jetzt tun?«

Sadira zuckte die Achseln und deutete auf den Pfad. »Er muß irgendwo hinführen. Wir können Nok genausogut dort finden wie anderswo.«

Mit Sadiras Hilfe rollte Agis die bewußtlosen Gladiatoren

auf den Rücken und legte sie nebeneinander, wobei er ihre Waffen an ihren Gürteln befestigte. Er ergriff beide am Handgelenk und schloß seine Augen. Dann eröffnete er einen Weg von seinem Machtzentrum in ihre Körper. Er visualisierte sie als Wolken, die sich aus eigenem Antrieb vom Boden abhoben.

Als die beiden Gladiatoren erst einmal zu schweben begannen, stand Agis auf. Sorgfältig achtete er darauf, daß er den Kontakt zu ihren Körpern nicht verlor, schaute dann den Pfad hinab und sagte: »Wir sollten gehen, und zwar schnell. Ich werde das nur wenige Stunden durchhalten. Außerdem sollten wir so weit wie möglich von hier fort sein, wenn die Halblinge erwachen.«

Mit Sadira als Führerin kamen sie bis zum späten Nachmittag ohne Zwischenfälle voran. Schließlich erweiterte sich das Tal zu einem breiten Becken, und der Pfad verließ das Ufer des reißenden Stroms.

Die Halbelfin blieb plötzlich stehen und schaute auf eine Stelle zu ihren Füßen.

»Es ist Zeit für eine Rast«, keuchte Agis dankbar. »Ich bin so müde, daß ich kaum noch den Pfad vom Wald unterscheiden kann.«

»Ich bin nicht stehengeblieben, um Rast zu machen«, sagte Sadira und deutete auf einen kleinen Strang brauner Fäden, der über den Weg gespannt war. »Unsere Freunde haben sich eine Überraschung ausgedacht.«

Sie wollte über den Strang steigen, aber Agis rief: »Warte!« Er deutete mit einem Kopfnicken auf Neevas Trikal. »Prüfe den Boden auf der anderen Seite«, sagte er. »Dieser Stolperdraht ist zu offensichtlich.«

Die Halbelfin hob eine Augenbraue. »Du meine Güte, Ihr seid aber übervorsichtig!«

Dennoch nahm sie den Trikal und folgte Agis' Vorschlag. Eine Matte aus miteinander verflochtenen Zweigen, bedeckt von einer dünnen Schicht Schmutz, brach ein und fiel mit dumpfem Krachen in eine tiefe Grube.

Sadira schluckte schwer und sah dann Agis an. »Es sieht nicht so aus, als wäre der Weg vor uns besonders sicher.«

Agis wollte gerade antworten, als ein Halbling hinter Sadira den Pfad betrat. »Paß auf!« schrie er.

Dabei ließ er die Handgelenke der beiden Gladiatoren los und packte Sadira. Als er sie beiseite zog, hörte er das Schwirren einer Bogensehne. Etwas Scharfes biß in seinen Hals.

Im gleichen Augenblick fiel die erstaunte Zauberin über einen Stolperdraht. Ein lautes Krachen erklang über ihnen, und dann stürzte ein Baumstamm aus den Bäumen herab und schoß auf sie zu. Agis machte einen Schritt nach vorn und wollte Sadira zur Seite stoßen. Statt dessen knickten seine Knie ein. Während er fiel, konnte er gerade noch sehen, daß der Baumstamm das junge Mädchen am Kopf traf.

Er streckte die Hand aus, stellte aber fest, daß er langsam rückwärts fiel, fast als sei die Luft selbst dichter geworden. Er wußte, daß das Gift von seinem Geist Besitz ergriffen hatte und daß er in die Grube fiel, die sie eben aufgedeckt hatten. Das letzte, was er sah, bevor er in der Erde verschwand, war, wie Sadiras lebloser Körper in das Gestrüpp stürzte.

Die lebende Brücke

Sadiras Kopf pochte, als säße darin ein Dutzend Trommler, die alle denselben, primitiven Rhythmus schlugen. Ihre Ohren schmerzten, ihre Schläfen klopften, sogar die Zähne taten ihr weh. Ihre Augen taten zu weh, als daß sie sie hätte öffnen können, und ihr war übel. Sie war so benommen, daß sie das Gefühl hatte, daß sie besser nicht aufstand, und doch war es genau das, was sie anscheinend gerade tat.

Die Zauberin versuchte eine Hand an ihren schmerzenden Kopf zu heben und stellte fest, daß ihr dies nicht gelang. Sie konnte ihren rechten Arm nicht bewegen. Sie versuchte es mit dem linken und entdeckte, daß auch er unbeweglich geworden war. Ein furchtbarer, scharfer Schmerz schoß durch ihre beiden Handgelenke. Sadira fürchtete, gelähmt zu sein und öffnete die Augen. Als sich ihre Sicht zu klären begann, sah sie, daß der Klang der Trommeln von außerhalb ihres Kopfes kam, nicht von innen. Vor ihr lag eine kleine, moosbedeckte Wiese, die vom Licht der Nachmittagssonne rötlich angehaucht war. Am Rande der Lichtung stand ein Dutzend Halblingsmänner, die mit Lendenschurzen bekleidet waren und deren runde Augen glänzten, während sie auf großen Trommeln eine wilde Kadenz schlugen. In der Mitte der Wiese erhob sich ein Hügel hoch in die Luft. Sadira betrachtete die Konstruktion blinzelnd und erkannte trotz ihrer verschwommenen Sicht, daß das Bauwerk aus großen Blöcken grauen Gesteins errichtet worden war. Eine steile Treppe führte in der Mitte hinauf, aber ansonsten war die Struktur vollständig glatt, mit nur winzigen Fugen an den Stellen, wo die Blöcke aufeinandertrafen.

Auf dem Hügel stand ein kleines Haus aus weißem Marmor mit einer rauchenden Kupferkohlenpfanne vor der Tür. Neben der Kohlenpfanne lagen die Waffen und Taschen, die Sadira und ihre Freunde mit in den Wald gebracht hatten. Vor dem Stapel standen Anezka und ein wild aussehender Halblingsmann. Er war mit grüner Farbe bedeckt, und eine Krone aus geflochtenen Palmwedeln schmückte seine wirre Haarpracht. In seinen kleinen Händen hielt der Mann Ktandeos Stock.

Sadiras Mut sank. Nachdem sie den Stock auf Agis' Anwesen benutzt hatte, hatte sie erkannt, daß er weitaus gefährlicher war, als sie angenommen hatte. Daher gefiel es ihr auch, ihn in den Händen eines im Wald lebenden Wilden zu sehen. Sie und ihre Gefährten würden ihn brauchen, um Kalak zu bekämpfen.

Als sie den Fuß des Hügels betrachtete, sah sie, daß dort eine einsame Eiche wuchs. Die majestätische Eiche sah auf einer Wiese, die von tanzenden Koniferen und Farnbäumen umgeben war, seltsam fremd aus, aber das hatte sie nicht daran hindern können, gerade und stark aufwärts zu wachsen.

Rund um den Stamm der Eiche verstreut befanden sich Dutzende von Halblingsmännern und -frauen, die alle hölzerne Schalen in der Hand hielten. Einige hatten ihre Arme oder Beine mit leuchtend bunten Federn geschmückt, aber ansonsten trug keiner von ihnen etwas anderes als einen Lendenschurz. Sie alle beobachteten den Gipfel des Hügels mit erwartungsvollem Gesichtsausdruck.

»Du bist also wach?« Die Stimme erklang von Sadiras linker Seite.

»Ich fühle mich, als wäre ich tot«, antwortete Sadira schwach und wandte ihren schmerzenden Kopf Agis zu.

Nur wenige Fuß entfernt hing der Adlige an einer Felsplatte, die senkrecht in den Boden gepflanzt worden war.

Seine Hände und Füße waren mit Lederriemen festgebunden, die durch eine Reihe spezieller Löcher verliefen. Am Fuß der Felsplatte befand sich ein großer, halbrunder Behälter, der mit Krusten von altem Blut bedeckt war.

»Was ist passiert?« fragte Sadira. Ihr Kopf war endlich wieder klar, und sie erkannte, daß sie an einer ähnlichen Felsplatte hing. Der Schmerz in ihren Handgelenken wurde durch die Fesseln verursacht.

Agis berichtete von ihrer Gefangennahme. Als er erklärte, wie sie über den Stolperdraht gefallen war, als er versucht hatte, sie vor dem vergifteten Pfeil zu retten, fügte er hinzu: »Es tut mir leid wegen deines Kopfes.«

»Sie lebt und ist bei Bewußtsein«, sagte die Stimme einer Frau. »Es gibt nichts, was Euch da leid tun müßte.«

Sadira wandte ihren schmerzenden Kopf nach rechts und sah, daß Rikus und Neeva ebenfalls an Felsplatten hingen.

»Anezka hat uns in den Hinterhalt geführt, nicht Agis«, stimmte Rikus zu. »Vielleicht hat sie es wegen dieser Geschichte mit der Spinne getan...«

»Aber vielleicht auch nicht«, unterbrach ihn Neeva. »Ich bezweifle, daß wir es jemals von ihr erfahren werden, und jetzt ist auch nicht der Zeitpunkt, sich darüber Gedanken zu machen.« Sie deutete mit dem Kinn auf den Granithügel. »Ich glaube, wir werden jetzt bald demjenigen begegnen, der uns gefangennehmen ließ.«

Sadira schaute in die Richtung, in die Neeva gedeutet hatte. Der grün bemalte Halbling betrat von dem Hügel aus die Luft. Anstatt zu fallen, schwebte er langsam auf die Zauberin und ihre Freunde zu. Er trug Ktandeos Stock in beiden Händen, wie ein Mann von normaler Größe eine Kampfkeule tragen würde.

Hinter ihm stieg Anezka die steilen Stufen hinab. Als sie den Boden erreichte, gesellte sich ein halbes Dutzend Halblinge mit federgeschmückten Armbinden zu ihr. Einer von ihnen reichte ihr eine hölzerne Schale, und dann gingen sie auf Sadira und die anderen zu.

Als der schwebende Halbling vor Sadira auf dem Boden angelangt war, sah sie, daß ein großer Goldring an seiner habichtartigen Nase hing. Streifen aus gehämmertem Silber zierten seine Ohren, und eine große Obsidiankugel baumelte an einer Kette um seinen Hals.

Der Halbling betrachtete Sadira voller Unwillen. »Woher hast du diesen Stab?« fragte er.

»Wer will das wissen?« fragte sie unerschrocken zurück.

Der Halbling starrte sie drohend an, offensichtlich empört über diese Frage. Als Sadira seinem Blick standhielt, sagte er: »Ich bin Weltenbaum, dessen Wurzeln Früchte hervorbringen, damit sich meine Leute ernähren können. Ich bin Regenvogel, dessen Flügel das Land mit Wasser tränken, damit meine Leute trinken können. Ich bin Zeitschlange, deren Schwanz in der Vergangenheit ruht und deren Kopf die Zukunft ist, damit meine Leute ewig leben können. Ich bin Nok, der Wald.«

Nok hob den Stock. »Jetzt sage mir, wie du an den Stock gekommen bist.«

»Ein Mann namens Ktandeo hat ihn mir gegeben.«

Nok kniff seine Augen zusammen. »Ich habe ihn für Ktandeo gemacht. Er hätte ihn niemals einer so unverschämten, jungen Frau gegeben.«

»Es war seine letzte Handlung«, sagte Sadira, die den Halbling nun in einem neuen Licht sah. Wer solch einen Gegenstand fertigen konnte, war kein gewöhnlicher Wilder. »Er gab mir den Stock, damit Ihr wißt, daß wir in seinem Namen kommen.«

Der Halbling gab seine drohende Haltung auf und schloß die Augen. »Jetzt weiß ich, warum die Monde geweint haben. Ktandeo war ein würdiger Freund des Waldes«, sagte er und berührte mit einer Hand den goldenen Ring an seiner

Nase und mit der anderen das silberne Ohrband. »Er hat uns viele gute Gaben gebracht.«

Anezka kam mit sechs Halblingen heran, die federverzierte Armbinden trugen. Sie blieben hinter Nok stehen und hielten geduldig ihre Schalen in den Händen. Rikus und Neeva sahen Anezka ärgerlich an, sagten aber nichts. Auch Agis blieb ruhig und betrachtete Nok mit nachdenklichem Gesichtsausdruck.

»Ktandeo hat uns wegen eines magischen Speers geschickt«, sagte Sadira.

»Ich habe einen Speer geformt«, erwiderte der Halbling und begegnete Sadiras Blick mit mehr Wärme. »Aber ich kann ihn dir nicht geben.«

»Warum nicht?« fragte die Zauberin. »Ist er noch nicht fertig?«

Nok schaute über seine Schulter zu der Eiche. »Er ist fertig... aber du bist seiner nicht würdig genug.«

In der Annahme, daß er damit sagen wollte, sie sei nicht stark genug, um ihn zu werfen, deutete Sadira mit dem Kinn auf Rikus. »Er wird den Speer handhaben, nicht ich.«

Nok betrachtete den Mul abschätzend und schüttelte dann den Kopf. »Es gehört mehr dazu als nur Kraft, um solch einen Speer zu werfen«, sagte er. »Das Zielvermögen muß genau sein, das Herz aufrichtig. Ohne die Hilfe von Ktandeo wird der Haarlose versagen.«

»Was meint Ihr damit?« fragte Rikus verärgert. »Der Speer ist sicher nicht so gemacht, daß ich ihn nicht handhaben kann.«

»Du kannst diesen jedenfalls nicht führen!« bellte Nok.

»Ihr habt ihn noch nicht kämpfen sehen. Wie wollt Ihr das wissen?« fragte Sadira.

»Weil ihr an den Opfersteinen hängt«, erwiderte der Halbling und berührte mit dem Stab den Behälter zu Sadiras Füßen. »Wenn ihr euch des Kernholzspeeres würdig erwiesen hättet, wäret ihr nicht dort. Es würde euer Blut niemals danach verlangen, diese Behälter zu füllen.«

»Opfersteine!« rief Rikus aus und zerrte an seinen Fesseln.

»Wir sind als Freunde gekommen!« wandte Agis ein.

»Ihr werdet ein Teil des Waldes werden. Was könnte ein größeres Geschenk für einen Freund sein?« fragte Nok und lächelte milde.

»Anezka hat uns nicht hierhergebracht, damit wir geopfert werden!« grollte Neeva.

»Natürlich hat sie das«, sagte Nok. »Ihr seid ihre Opfergaben.«

»Opfergaben?« stöhnte Rikus und sah Anezka an. »Das ist doch nicht der Grund, warum du uns hierhergebracht hast, nicht wahr?«

Anezka nickte und lächelte den Mul beruhigend an.

»Nok, meine Freunde und ich würden uns geehrt fühlen, uns Eurem Wald zugesellen zu dürfen«, log die Zauberin. »Leider hat uns Ktandeo aber hierhergesandt, weil die Not in Tyr so groß ist.«

»Welche Not?« fragte der Halbling.

»Kalak besitzt eine kleine Obsidianpyramide«, erklärte Agis, der seinen Blick auf den Anhänger des Halblings gerichtet hielt. »Er besitzt auch viele Obsidiankugeln und einen mit Obsidianziegeln ausgekleideten Tunnel. Wißt Ihr, was das bedeutet?«

Noks Augen weiteten sich. »Es ist zu früh«, sagte er und schüttelte traurig den Kopf.

Agis fuhr fort, indem er dem Halbling von der Erinnerung, die er in Tithians Kopf gesehen hatte, und von den Plänen des Königs, das Stadion während der Gladiatorenspiele zu versiegeln, berichtete.

Als der Adlige geendet hatte, fragte Sadira: »Werdet Ihr uns jetzt den Speer geben?«

Nok schüttelte den Kopf. »Ihr hättet mich nicht einmal erreichen können, wenn ihr nicht gefangen wärt«, sagte er. »Wie könnt ihr darauf hoffen, einen Drachen aufhalten zu können?«

»Einen Drachen?« stieß Sadira hervor. Ihre Gefährten waren genauso erstaunt. »Wir reden von Kalak, nicht von dem...«

Sadira hielt inne, als die Bedeutung von Noks Frage sie wie die Keule eines Halbriesen traf. »Kalak ist der Drache?« stöhnte sie.

»Nein. Es gibt viele Drachen in der ganzen Welt«, sagte der Halbling. »Kalak ist noch keiner von ihnen.«

»Aber er wird einer werden«, sagte Sadira, deren Gedanken zu rasen begannen, als sie anfing, die Bösartigkeit von Kalaks Plan zu begreifen. »Dafür ist die Zikkurat gedacht.«

»Ja«, stimmte Nok zu. »Er braucht sie für seine Verwandlung.«

»Wir müssen zuschlagen, bevor er sich verwandelt!« schrie Neeva. »Gebt uns den Speer, bevor es zu spät ist.«

Nok betrachtete die Frau nachdenklich und schüttelte dann den Kopf. »Ich kann den Kernholzspeer niemandem anvertrauen, der seiner nicht würdig ist.«

»Wir sind seiner würdig!« grollte Rikus. »Ich habe mehr als hundert Kämpfe gewonnen.«

Nok schien unbeeindruckt. Umsonst suchte Sadira in ihrem Kopf nach einer anderen Möglichkeit der Annäherung, die den Halbling dazu bringen könnte, zuzuhören. Je mehr sie über Kalak erfuhr, desto mehr erschreckte er sie und desto mehr verstärkte sich ihr Entschluß, ihn aufzuhalten.

»Wenn Ihr Ktandeo gegen den Hexerkönig von Tyr helfen wolltet«, sagte Agis, »dann einzig aus dem Grund, daß Ihr für Euren Wald fürchtet.«

Der Halbling nickte. »Ein Drache – derjenige, den ihr einfältig genug für den einzigen haltet – beansprucht Tyr bereits wie alles von Urik bis Balic. Wenn ein weiterer Drache auftaucht, wird einer von ihnen gezwungen sein, über die Klingenden Berge hinweg zu fliehen.«

»Und was würde das für den Wald bedeuten?« drängte Agis.

»Das gleiche, was es für Tyr bedeuten würde: Vernichtung«, antwortete Nok. »Der Drache, der über diese Berge zieht, wird alles Lebende verschlingen, was er findet: Pflanzen, Tiere, Menschen. Ihm wird nichts entkommen können.«

»Warum?« fragte Sadira.

»Drachen werden mächtiger, wenn sie töten«, antwortete Nok. »Und Drachen begehren Macht mehr als alles andere, sonst wären sie keine Drachen.«

Die vier Gefährten blieben eine Weile still. Nok verhielt sich auch ruhig und betrachtete sie geduldig, als warte er darauf, daß sie ihm huldigen würden. Schließlich schaute Agis zu dem Hügel, auf dem die Habseligkeiten der Gruppe gestapelt lagen, und sagte: »Wir entschuldigen uns, wenn unsere bisherigen Geschenke unwürdig waren, und wir fordern sie zurück. Statt dessen bieten wir unser Leben zur Verteidigung des Waldes an.«

»Wir werden Kalak aufhalten, bevor er über die Berge gelangt«, fügte Sadira hinzu.

Nok dachte über das Angebot nach und sagte dann: »Ich bin mir noch immer nicht sicher, ob euer Geschenk des Kernholzspeeres würdig ist, aber wir werden sehen.«

Der Häuptling wandte sich an die Halblinge, die hinter ihm versammelt waren, und sprach einige Worte in ihrer Sprache. Mit niedergeschlagenem Gesichtsausdruck stellten sie ihre hölzernen Schalen beiseite und traten um die Opfersteine herum, um die Fesseln zu lösen.

Als die vier Gefährten erst einmal befreit waren, ging Nok zu dem Granithügel voraus. Die Halblinge auf dem Platz liefen auseinander und plapperten in seltsamen Tönen miteinander, die von vogelähnlichem Schreien und Quieken unterstrichen wurden. Nok beachtete sie nicht, bis er an dem Baum angelangt war und sie mit einem harten Befehl schweigen hieß.

Als die Wiese still war, barg Nok Ktandeos Stock in einem Arm, öffnete dann seine andere Hand und berührte die Eiche. Er sprach einige Sätze in seiner Sprache. Die Äste des Baumes erschauerten, und Noks Finger verschmolzen mit der Rinde. Langsam stieß er seine Hand tiefer hinein, bis sein Arm bis zur Schulter versunken war.

Nok schloß die Augen und stand dann schweigend neben der Eiche. Seine Lippen waren angespannt, und sein Gesicht nahm einen stoischen und leicht reuevollen Ausdruck an. Er blieb vollkommen ruhig. Sadira fragte sich, ob er sich alles vielleicht noch einmal überlegte. Schließlich öffnete der Häuptling die Augen, betrachtete dann den Baum und sprach in versöhnlichem Ton mit ihm.

Ein weiteres Schaudern lief durch die Zweige der Eiche, und ein furchtbares, tönendes Krachen erklang aus ihrem Inneren. Blätter begannen herabzuregnen. Sadira schien es, als verfärbe sich die Rinde zu einer helleren Schattierung von Grau. Nok trat langsam fort und zog dabei seinen Arm aus dem Baum heraus.

In seiner Hand hielt der Halbling einen dicken Speer von der Farbe tiefsten Burgunderrots. Der Speer verjüngte sich an beiden Enden zu scharfen Spitzen mit einem feinen, kaum sichtbaren Endpunkt. Sadira dachte zunächst, daß die Waffe vor magischer Energie pulsiere, aber als sie sie genauer ansah, verschwand dieser Eindruck. Der Speer schien nicht mehr zu sein als eine normale, hervorragend gearbeitete Waffe.

Nok trat von der Eiche fort und sandte einige Halblinge aus, um die Habseligkeiten der Gruppe herbeizuholen. Er bedeutete seinen Gefangenen, ihm zu folgen, und führte sie auf einen schmalen Pfad, der sich in die finsteren Tiefen des Waldes hineinwandt. Als sie den Pfad entlanggingen, erkannte Sadira, daß die Halblinge sie und ihre Gefährten eine beträchtliche Strecke von jener Stelle, an der sie und Agis ihnen in die Hände gefallen waren, fortgetragen hatten. Außer von den tanzenden Koniferen und den Farnbäumen mit den kugelförmigen Stämmen wurde der Pfad von riesigen, sich seitwärts neigenden Hartholzbäumen gesäumt. Diese Bäume hatten wächserne, rubinrote Blätter und reife, süß duftende Früchte in der Form von Dolchen und der Farbe von Saphiren. Das ständige Summen von Insekten untermalte die schrillen Pfiffe und das Zwitschern der Dschungelvögel, und die Schatten waren so dicht, daß Sadira manchmal das Gefühl hatte, sie wandere noch durch Unter-Tyr. Kurz darauf begann das Dröhnen eines nahegelegenen Flusses den Klang der Insekten und Vögel zu durchdringen. Schließlich verließen sie den Wald. Vor ihnen überspannte eine schmale Hängebrücke eine felsige Schlucht, die so breit war, daß Rikus seine Axt nicht hätte hinüberwerfen können. Die Brücke war aus blühenden Weinranken geflochten, die einen Tunnel bildeten. Ein dicht geflochtener Strang dieser holzigen Pflanzen diente als Pfad, zwei schmalere als Halteseile, und eine Überfülle von knospenübersäten Ranken formten die netzähnlichen Wände. Ein runder Felsen blokkierte das andere Ende der Brücke, so daß unmöglich zu erkennen war, ob der Pfad auf der anderen Seite der Schlucht weiterführte. Die ganze Szenerie war von einem unheimlichen, rötlichen Hauch überstrahlt, denn die untergehende Sonne stand gleichauf mit der Schlucht und tauchte sie in glühendes Licht.

Nok blieb vor der Brücke stehen. Ohne Ktandeos Stock abzulegen, hob er den Kernholzspeer und warf ihn. Ein besorgter Schrei entfuhr Sadiras Lippen, aber der Speer segelte über die Schlucht, als liege er auf einem Luftkissen. Er sank mit halber Länge in den Stamm eines Baumes mit rubinrotem Laub ein, der hinter dem Felsen am anderen Ende der Brücke wuchs.

Nok wandte sich den vier Gefährten zu und deutete mit Ktandeos Stock über die Schlucht. »Dort ist der Speer, den ihr sucht. Wenn ihr beweisen wollt, daß ihr seiner würdig seid, müßt ihr ihn aus dem Baum ziehen.«

Nachdem er die Brücke untersucht hatte, sagte Rikus: »Dieses Ding macht auf mich keinen besonders stabilen Eindruck. Vielleicht sollten wir einer nach dem anderen hinübergehen.«

Agis schüttelte den Kopf. »Das denke ich nicht. Zu dieser Prüfung gehört mehr, als nur eine Brücke vorsichtig zu überqueren«, sagte er. »Kalak ist von Wachen umgeben, die genauso kräftig sind wie ihr. Ich wäre nicht überrascht, wenn er oder einige seiner Leute sowohl Meister des Weges als auch der Magie wären. Um ihn besiegen zu können, müssen wir zusammenarbeiten.«

»Vier Leute können keinen Speer werfen«, wandte Rikus ein.

»Das ist wahr«, sagte Sadira. »Aber der Speer wird nicht treffen, bevor wir nicht unsere Bemühungen vereinen, Kalaks Verteidigungslinien zu überwinden. Ich glaube, Agis hat recht – Nok prüft unsere Fähigkeit, zusammenzuarbeiten.«

Der Mul warf einen vorsichtigen Blick auf die Brücke aus Weinranken, nickte dann und sah auf den Häuptling der Halblinge hinab. »Wir brauchen unsere Waffen und ein wenig Seil«, sagte er und deutete auf die Krieger, die die Habseligkeiten der Gruppe trugen.

»Ihr könnt ein Seil haben«, sagte Nok. »Aber Waffen werdet ihr nicht brauchen.«

Rikus war skeptisch, nahm das Seil aber widerspruchslos

entgegen. »Ich werde vorausgehen«, sagte er und band ein Ende des Seils um seine Taille, während er das andere an Sadira weiterreichte.

»Sadira und Agis werden folgen, und Neeva bildet die Nachhut.«

»Rikus, ich bin kaum verwundbar, und es wäre vielleicht das beste, wenn wir meine Fähigkeiten vorn einsetzen würden«, sagte Agis und trat vor. »Ich werde vorausgehen.«

Sadira ergriff den Adligen beim Arm, weil sie befürchtete, daß die Diskussion zu einem Streit ausarten könnte. »Rikus hat recht. Wenn Ihr in der Mitte geht, könnt Ihr uns alle schützen. Wenn Ihr vorn seid, wird es Euch unmöglich sein, uns gegen einen Angriff aus dem Hinterhalt abzuschirmen.«

Agis nickte widerwillig und trat dann wieder zurück. Als sich die vier Gefährten aneinandergebunden hatten, betrat Rikus die Brücke als erster. Sadira folgte als nächste, mit Agis und Neeva im Schlepptau. Sie gingen langsam und vorsichtig voran, benutzten dankbar das Halteseil und hielten die Blicke sorgfältig auf die geflochtenen Weinranken unter ihren Füßen gerichtet. Obwohl die Brücke bei jedem Schritt schwankte und ruckte, zeigte sie keinerlei Anzeichen, daß sie unter ihrem Gewicht reißen würde.

Sie hatten ungefähr ein Drittel der Brücke überquert, als Rikus plötzlich stehenblieb. Er betrachtete den Pfad und packte die Halteseile so fest, daß seine Knöchel weiß hervortraten.

»Was ist los?«

Kaum hatte Agis die Frage gestellt, als sie alle sahen, warum Rikus stehengeblieben war. Die Weinranken wanden und drehten sich zu seinen Füßen neu empor. Die Brücke zerriß nicht, sie gestaltete sich zu zwei Pfaden um, die jeweils in ein wenig andere Richtungen verliefen.

Ohne das Geländer loszulassen, machte Rikus einen zaghaften Schritt nach vorn. Sein Fuß sank durch die sich windende Masse von Weinranken hindurch. Nur sein ihn sichernder Griff bewahrte ihn davor, in den Fluß weit unter ihnen zu stürzen.

»Bewege dich nicht!« rief Agis. »Die Brücke verändert sich nicht. Es ist nur eine paranormale Illusion!«

»Woher kommt sie?« fragte Sadira und schaute über die Schulter. Sie brauchte auf keine Antwort zu warten, denn der Adlige sah bereits Nok an. Die beiden Männer hatten ihre Blicke ineinander verschränkt und sahen sich an wie Gladiatoren bei einem Kampf auf Leben und Tod. Agis hielt das Halteseil mit fest geschlossenen Fäusten, aber seine Beine zitterten, und Schweißbäche rannen seinen Hals hinab. Auf der anderen Seite des Adligen schaute Neeva entsetzt auf eine Stelle zu ihren Füßen.

Sadira sah hinab. Unter ihren Füßen befanden sich jetzt drei voneinander getrennte Brücken. »Dreh dich nicht um, Rikus. Neeva, wenn ich es sage, bedecke Agis' Augen und schließe deine eigenen.«

Die Zauberin pflückte eine Handvoll Blumenknospen von den Weinranken, die die Wand bildeten, und deutete dann mit einer Hand auf den Wald hinter Nok, um Energie für ihren Zauber heraufzubeschwören. Sie hatte kaum ihre Handfläche geöffnet, als sie auch schon die unglaubliche Macht der Bäume in ihren Körper strömen fühlte. Das erste Mal in ihrem Leben hielt sie es für notwendig, ihre Faust zu schließen und den Energiefluß zu unterbrechen, bevor er sie überwältigen konnte.

Sie schob ihr Erschrecken beiseite und rief: »Jetzt, Neeva!«

Die Gladiatorin bedeckte Agis' Gesicht mit einer Hand und schloß ihre Augen. Sadira warf die Knospen in Noks Richtung und sprach die Zauberformel, die ihre Magie gestalten würde.

Die Knospen verschwanden in der Luft, und ein Schauer

leuchtender Farben sprang vor den Augen des Halblings auf. Es war der gleiche Zauber, den Sadira benutzt hatte, um Rikus vor dem Gaj zu retten, aber durch die Energie des Waldes war die Wirkung noch großartiger. Die Farben waren intensiv und blendeten. Sie wetteiferten miteinander in ihrem Glanz und hypnotisierten in ihrem Strahlen. Noks Augen wurden glasig. Obwohl Sadira den Angriff nicht auf die Halblinge hinter dem Häuptling gerichtet hatte, schienen sogar sie erschreckt.

Der Zauber verging fast augenblicklich, aber Nok und die anderen Halblinge blieben wie betäubt zurück. Es würde sie zumindest einige Momente kosten, die Wirkung abzuschütteln.

Als sein Geist aus dem Kampf gelöst war, knickten Agis' Knie ein. Neeva öffnete die Augen und fing ihn auf. »Geht es Euch gut?« fragte sie.

Agis ergriff das Halteseil und nickte. »Dank Sadira. Ich habe noch nie einen so mächtigen Geist erlebt!«

»Kalaks wird stärker sein«, antwortete Neeva.

Von der Spitze der Reihe her rief Rikus: »Ich sehe wieder eine Brücke! Laßt uns gehen!«

Sie gingen nun schneller voran als zuvor, aber auch mit größerer Aufmerksamkeit. Bei jedem Schritt erwartete Sadira, daß Nok sich erholen würde. Als sie den Mittelpunkt der Brücke ohne einen weiteren Angriff passiert hatten, riskierte sie einen Blick über ihre Schulter. Der Häuptling der Halblinge stand auf der entgegengesetzten Seite. Seine Augen waren klar, und er betrachtete die Gefährten voller Interesse.

Rikus rief: »Haltet euch bereit! Wir bekommen Schwierigkeiten!«

Sadira schaute nach vorn. Das Gewicht der Gruppe hatte die Brücke so weit nach unten gedrückt, daß ein steiler Aufstieg zum anderen Ende nötig war. Der Granitblock auf der entgegengesetzten Seite der Brücke hatte seinen Ruheplatz verlassen. Er rollte die Rinne hinab, die die Brücke bildete, und gewann auf seinem Weg an Geschwindigkeit. Rikus stützte sich ab, um ihn aufzuhalten.

»Rikus, runter!« schrie Agis.

Der Mul warf einen ärgerlichen Blick über seine Schulter. »Seid Ihr verrückt?«

»Tu es!« fauchte Sadira.

Rikus schaute den Felsblock an. Er schoß mit erschrekkender Geschwindigkeit auf sie zu. Rikus schluckte schwer, ließ sich auf den Bauch fallen und schlang seine Arme um den Pfad. Sadira tat es ihm nach und reckte den Hals, um nach Agis zu sehen.

Der Adlige schloß die Augen und streckte einen Arm aus, als habe er die Absicht, den Felsblock daraufrollen zu lassen. Er wölbte eine Hand und neigte sie einer Seite der Brücke zu.

Die Zauberin schaute wieder nach vorn. Der Felsblock hatte sie fast erreicht. Rikus wich zurück, versenkte sein Gesicht in den Weinranken und schrie: »Trau niemals einem Adligen!«

Und dann erhob sich der Felsblock in die Luft und segelte knapp über den kahlen Kopf des Mul hinweg. Als er Sadira erreicht hatte, befand er sich sogar noch höher in der Luft. Schließlich beschrieb er einen Bogen, bevor er dann über das Geländer hinwegschwebte und in die Schlucht unter ihnen stürzte.

Einen Moment lang lag Sadira regungslos da und versuchte ihr hämmerndes Herz zu beruhigen.

»Wie war das mit dem Vertrauen zu einem Adligen, Rikus?« fragte Agis. Obwohl seine Stimme schwach vor Müdigkeit war, lag ein schiefes Grinsen auf seinem Gesicht.

Rikus schaute über die Schulter. »Ihr habt Euch sicher Zeit genommen, um...« Er brach mitten im Satz ab. Sadira hörte das Schlagen riesiger Flügel die Luft durchschneiden, und dann rief der Mul auch schon: »Duckt euch!«

Zwei riesenhafte Drachenfliegen schwirrten über sie hinweg, und ihre gekrümmten Füße peitschten die Luft. Die Zauberin erhob sich auf die Knie und spähte über das Halteseil hinweg. Die beiden Insekten waren bereits vorbeigesegelt. Dennoch konnte sie sehen, daß hinter jedem der schimmernden, mehrteiligen Augen der Bestien ein Halbling saß. Die Reiter zogen ihre Tiere in einer steilen, gebogenen Kurve herum.

»Kriech weiter, Rikus!« schrie Agis.

Der Mul bewegte sich gehorsam auf Händen und Knien vorwärts. Die anderen folgten ihm auf den Fersen und hielten ihre Köpfe unter das Halteseil gesenkt. Die beiden Insekten strichen erneut vorbei, wobei ihre zerbrechlichen Flügel im rubinroten Licht der Dämmerung schimmerten.

Sadira ließ sie alle innehalten, während sie durch die Seitenwände der Brücke hindurchspähte. Die Halblinge wandten ihre Tiere erneut zu ihnen um. Dabei hielten die Reiter ihre Handflächen diesmal auf den Wald gerichtet, um die Energie aufzunehmen, die sie für das Heraufbeschwören eines Zaubers benötigten. »Magie!« flüsterte Sadira. Sie krochen so schnell wie möglich weiter.

»Ich höre sie hinter mir«, rief Neeva und schaute angstvoll über ihre Schulter. Noch waren die Drachenfliegen und ihre Reiter nirgendwo zu sehen, doch kurz darauf hörte Sadira ihr Flügelschlagen hinter ihnen.

»O nein«, rief die Zauberin. »Sie sind jetzt unsichtbar!«

Eine Drachenfliege erschien über Neeva. Der Zauber, der sie verborgen hatte, wurde durch den plötzlichen Angriff unwirksam. Der Halbling auf dem Rücken des Wesens schrie eine Reihe schnarrender Befehle. Die Bestie sank auf die Frau herab und schloß ihre Beine um ihren Körper.

»Helft mir!« schrie Neeva und strengte sich an, sich umzuwenden, damit Agis das Rieseninsekt oder seinen Reiter mühelos angreifen konnte.

Der Adlige knüpfte aus dem herabhängenden Teil des Seils, das ihn mit Neeva verband, eine kurze Schlinge. Er trat an dem langen Schwanz der Drachenfliege vorbei, ließ die Schlinge über den Kopf des Reiters fliegen und zog den Halbling von seinem Tier. Der Krieger landete schreiend auf dem Halteseil, und Agis stieß ihn hinab.

Die Drachenfliege schlug mit ihren vier Flügeln und stieß den Adligen beiseite. Sie erhob sich in die Luft und hielt dabei Neeva noch immer mit ihren Klauen umklammert. Die Gladiatorin kämpfte vergebens darum, sich zu befreien.

Rikus schrie: »Helft ihr!«

Agis ergriff Neevas Bein und schloß seine Füße um das Geländer der Brücke.

Sadira fischte ein Stück Seide aus ihrer Tasche. Die Zauberin deutete mit der freien Hand auf die Bäume. Sie schlug mit der Seide leicht auf die Drachenfliege ein und formulierte ihren Zauberspruch. Der Stoff verschwand, und ein klebriges, weißes Gewebe erschien auf den Flügeln des Insekts. Die Drachenfliege versuchte, mit einem Flügelschlagen das fadenartige Gewebe zu zerreißen, aber es war sinnlos. Zusammen mit Neeva fiel sie in den Abgrund.

Agis packte das Geländer und klammerte sich daran fest. Neeva fiel schnell die Länge des Seils hinab, das sie mit dem Adligen verband. Als das Seil sich plötzlich ruckartig anspannte, stöhnte der Adlige gequält auf.

Sadira ließ sich auf den Pfad fallen und schlang ihre Arme und Beine um die Weinranken. Durch das dichte Gewirr vor ihrem Gesicht konnte sie nicht erkennen, was zwischen Neeva und dem Rieseninsekt vor sich ging.

Rikus trat über sie hinweg und streckte die Hand nach dem Adligen aus. Im selben Moment erschien die zweite Drachenfliege über Agis' Kopf. Ihr Reiter lehnte sich zur

Seite, um einen Zauber heraufzubeschwören. Sadira stieß einen Warnruf aus, aber es war zu spät. Agis' Augenlider flatterten, sein Kopf fiel zurück, und er verfiel in einen magischen Schlummer.

Als er seinen Halt an der Brücke verlor, glitt der Adlige über den Rand hinweg und stürzte hinter Neeva her. Als die Länge des Seils, das ihn mit Sadira verband, hinabgefallen war, schnitt die Schlinge plötzlich schmerzhaft in ihre Haut ein.

Ein scharfer Schmerz schoß ruckartig durch ihren Bauch. Obwohl die Wucht des Stoßes sie ebenfalls von der Brücke zu reißen drohte, umklammerte die Zauberin die Weinranken des Pfades und betete darum, daß sie die Kraft haben möge, sich weiterhin daran festzuhalten.

Rikus packte die Drachenfliege, die über ihm schwebte, am Flügel. Es ertönte ein lautes Krachen und ein Geräusch, das wie reißender Stoff klang. Der Mul riß dem Wesen den Flügel aus dem Körper und warf ihn von der Brücke.

Während das Insekt seine Qual herausschrie, griff der Reiter nach seinem Dolch. Rikus schlug den Halbling bewußtlos, indem er seine Nase mit einem unerwarteten Faustschlag traf. Die Drachenfliege zog ihre Krallen über die Brust des Gladiators, aber der Mul knirschte nur mit den Zähnen und riß dem Wesen einen weiteren Flügel aus.

Rikus erreichte damit, daß sowohl der Reiter als auch sein Tier neben der Brücke hinabstürzten, ergriff dann das Seil und zog Agis hinauf.

Der Mul reichte den Adligen, der noch immer unter dem Einfluß des Schlafzaubers stand, an Sadira weiter, die Agis' Kopf in ihrem Schoß barg und immer wieder seinen Namen rief. Als das nichts half, schlug sie ihn fest auf die Wangen. Trotzdem schlief er weiter.

»Typisch Adliger«, brummte Rikus.

Auch Neeva tauchte am Seil wieder auf, von Kopf bis Fuß

mit schwarzem, klebrigem Zeug bedeckt. Mit der Hand hielt sie den Kopf der anderen Drachenfliege umklammert, von deren restlichem Körper nichts zu sehen war.

»Bist du verletzt?« fragte Sadira.

Die Gladiatorin schaute auf und wischte sich das Blut des Insekts aus den Augen. »Nein. Nur ein paar Kratzer«, antwortete sie.

Rikus zog Neeva auf die Füße und hob dann Agis von Sadiras Schoß hoch. »Gut. Dann trägst du Agis«, sagte er und legte den schlafenden Mann in ihre Arme.

Der Mul ging an Sadira vorbei und führte sie dann vorsichtig weiter. Obwohl sie ständig nach einer weiteren Prüfung von Nok Ausschau hielten, erreichten sie das Ende der Brücke ohne weitere Zwischenfälle. Rikus ging sofort auf den Baum zu und streckte die Hand nach dem Speer aus.

»Warte«, rief Neeva, während sie Agis' Körper zu Boden gleiten ließ. »Nok kommt.«

Sadira und der Mul schauten über die Schlucht zurück. Der Häuptling der Halblinge schritt über die schwankende Brücke, als befände er sich auf einem festen Pfad, und machte sich nicht einmal die Mühe, sich am Halteseil festzuhalten. Hinter ihm kamen mit etwas vorsichtigeren Schritten zwei Dutzend Halblingskrieger. Keiner von ihnen sah sehr glücklich aus.

»Wir haben genug Prüfungen hinter uns gebracht«, sagte Rikus und zog heftig an dem Speer. Als der leicht aus dem Baum herausglitt, stolperte der Mul und fiel fast hin. Er stand mit der Waffe in der Hand da und prüfte ehrfürchtig ihr Gleichgewicht und ihre Form. Schließlich schaute er auf und sagte: »Ich spüre seine Kraft. Meine Hände kribbeln!«

Nok, der Ktandeos Stock in seinen Armen barg, kam jetzt von der Brücke heran. Er betrachtete den Mul mit verächtlichem Gesichtsausdruck, als habe Rikus ihn beleidigt. Der Gladiator begegnete ihm ungerührt mit demselben Blick.

Schließlich sagte Nok: »Der Kernholzspeer wird jede Rüstung durchdringen. Er wird euch vor den Energien des Körpers und jenen der Welt schützen – vor dem Weg des Unsichtbaren und vor der Magie. Nachdem ihr diese außergewöhnliche Waffe nun besitzt, was wollt denn ihr damit anfangen?«

»Kalak töten«, sagte Neeva und nahm Rikus den Speer aus den Händen.

Die Halblinge hinter Nok umfaßten bedeutungsvoll ihre Dolche. Sadira spürte, daß sie Noks wichtigsten Test noch nicht hinter sich gebracht hatten und nahm ihrerseits Neeva den Kernholzspeer aus den Händen.

»Wir haben geschworen, unsere Körper und unseren Geist für den Wald zu geben«, sagte sie und sah den Häuptling der Halblinge an. »Es ist nicht an uns, zu entscheiden, was getan werden muß, um ihn zu verteidigen.« Sie streckte den Speer Nok entgegen und sagte: »Bitte nehmt diese Gabe an.«

Der Halbling lächelte und berührte die Waffe mit der Hand. »Jetzt seid ihr des Kernholzspeeres würdig«, sagte er. »Ihr könnt ihn im Dienste meines Waldes benutzen.«

Sadira gab den Speer an Rikus weiter und richtete ihren Blick dann auf den Stock, der noch immer in Noks Armen geborgen lag. »Wenn wir des Speeres würdig sind, dann sind wir vielleicht auch Ktandeos Stocks würdig.«

Rikus fügte schnell hinzu: »Ihr wart derjenige, der gesagt hat, es wäre mehr als nur Kraft dazu nötig, den Speer zu werfen.«

»Wenn er eine Waffe ist, die wir dazu benutzen können, Kalak zu besiegen und den Wald zu verteidigen, dann gebt ihn uns bitte«, sagte Neeva. »Wir haben Eure Prüfung bestanden, aber wir brauchen noch immer jeden Vorteil, den Ihr uns gewähren könnt, um den Hexerkönig zu schlagen.«

Nok betrachtete die beiden Gladiatoren nachdenklich. Schließlich hielt er Sadira den Stock hin. »Ich vertraue ihn deiner Obhut an, damit ihr den Wald beschützt, wie ihr es versprochen habt«, sagte er. »Tötet Kalak, und bringt mir dann die Waffen zurück!«

Sadira nahm den Stock entgegen. »Wir werden nicht scheitern. Das verspreche ich.«

Endspiel

Rikus und seine drei Gefährten standen auf einer Straße gegenüber von Tyrs großem Stadion und lauschten auf das Brüllen der Menge, das über die hohen Mauern hinwegdonnerte. Zwei Templer standen an jedem Torweg des Stadions, die Stangenäxte fest in Händen. Kurze Schwerter baumelten von ihren Hüften herab. Außerhalb der Tore saßen Hunderte von Männern und Frauen auf den Straßen. Sie waren vom Trinken, von der Hitze oder der Begeisterung überwältigt worden und schwenkten jetzt Fächer vor ihren Gesichtern oder stützten einfach den Kopf in die Hände. Sie hätten besser daran getan, zu ihren Heimen zurückzukehren, aber vermutlich dachten sie, sie könnten sich rechtzeitig genug erholen, um das große Finale dieses Tages mitzuerleben. Rikus hielt sie für Narren – sie waren nicht die Art Leute, denen er den Tod wünschte.

Schließlich wandte er sich seinen erschöpften Gefährten zu. Nach einem strapaziösen Marsch von vier Tagen waren sie am vergangenen Abend in Tyr angekommen, wo sie erfahren hatten, daß die Zikkurat fertiggestellt und der Beginn der Spiele für diesen Morgen festgesetzt worden war.

»Das wird niemals funktionieren«, sagte Rikus, als er die Wachen am Stadion beobachtete.

»Hast du eine bessere Idee?« fragte Sadira.

Die Halbelfin war wie eine Adlige gekleidet. Sie trug ein Silberdiadem in ihrem bernsteinfarbenen Haar und einen seidenen Umhang um ihre Schultern. An ihren Fingern funkelten Ringe aus Silber, Gold und Kupfer, und die Riemen ihrer Sandalen waren mit Turmalinen besetzt. Nach ihrem

Plan wollte sie sich in den Reihen der Adligen einen günstigen Standpunkt suchen, von dem aus sowohl Rikus als auch die Galerie des Königs zu sehen war. Unmittelbar bevor der Mul den Kernholzspeer werfen würde, würde sie Ktandeos Stock dazu benutzen, den magischen Schutz zu zerstören, der Kalak sicher schützte.

»Ich habe mir nichts Besseres überlegt – noch nicht«, gab Rikus widerwillig zu.

»Wir haben nicht viel Zeit, Rikus«, sagte Agis, der sich in der Soutane eines Templers offensichtlich unbehaglich fühlte. »Sie könnten das Stadion jetzt jede Minute schließen.«

»Laßt sie! Tithian wird sich uns niemals anschließen.« Rikus deutete mit dem Speer auf das Stadion. »Wenn wir durch jene Tore gehen, werden wir alle getötet werden, bevor wir jemanden ermorden können.«

»Es ist nicht notwendig, daß Tithian sich uns anschließt«, sagte Agis. »Es ist nur notwendig, daß er uns in Ruhe läßt. Und das hat er bereits versprochen. Durch Sadiras Bemühungen hat er schließlich erfahren, wo die Amulette verborgen wurden. Bis jetzt hat er sein Wort immer gehalten!«

Rikus mußte zugeben, daß das stimmte. Gestern abend hatten Agis und Sadira herumgefragt, um zu erfahren, ob die Leute noch immer erwarteten, daß der Mul und seine Partnerin kämpften. Zu ihrer Überraschung nahm jedermann an, daß Rikus und Neeva am großen Finale teilnehmen würden. Offensichtlich hatte Tithian die Flucht seiner beiden besten Gladiatoren geheimgehalten.

Dennoch war der Mul weit davon entfernt, über die schwierige Rolle, die der Hochtempler bei ihren Plänen spielte, begeistert zu sein. »Agis, Ihr bittet Tithian, daß Ihr Kalak von der Galerie der Hochtempler aus angreifen dürft. Wenn das nichts hilft, dann weiß ich nicht, was sonst helfen könnte.«

Der Adlige hob eine Hand und nickte. »Du hast recht. Das wird helfen. Aber es ist auch nicht wichtig. Tithian wird mit uns zusammenarbeiten. Überlaßt ihn mir.«

Rikus schüttelte störrisch den Kopf. »Man kann ihm nicht trauen, egal, wie nahe Ihr Euch als Kinder wart. Es muß eine andere Möglichkeit geben.«

Dieser Teil des Plans war es also, der den Mul nervös machte. Wenn Rikus den Speer warf, sollte Agis Kalak gleichzeitig mit einem paranormalen Sperrfeuer belegen. Allerdings mußte der Adlige, um diesen Angriff durchführen zu können, das Gesicht des Königs sehen können. Der einzige Platz, von dem aus dies möglich war, war die Galerie der Hochtempler. Daher trug Agis jetzt die Soutane eines Templers. Er wollte Tithian davon überzeugen, ihn als niedriger gestellten Funktionär vorzustellen und ihn dem Wettbewerb von der Galerie aus zuschauen zu lassen.

Neeva hegte die gleichen Ängste wie Rikus. »Agis, wenn Ihr Euch in bezug auf Tithian irrt, wird er uns im selben Moment, wo wir die Arena betreten, töten lassen – und Kalak wird überleben. Ich würde mich besser fühlen, wenn ich wüßte, warum Ihr Euch so sicher seid, daß der Hochtempler der Spiele mit uns zusammenarbeiten wird.«

Der Adlige lächelte. »Weil Tithian nicht sterben will«, sagte Agis. »Wenn er hört, daß Kalak ein Drache werden will, und hört, was das für Tyr bedeutet, wird der Hochtempler einsehen, daß seine beste Überlebenschance darin liegt, daß wir Erfolg haben.«

»Woher wollt Ihr wissen, daß Tithian Euch glauben wird?« wandte Neeva ein. »Oder daß er nicht darauf vertrauen wird, daß Kalak ihn verschont?«

»Wir müssen Tithian von nichts überzeugen«, antwortete Agis. »Er bekam bereits Angst, als der König ihm befahl, das Stadion zu schließen. Er wird noch mehr Angst bekommen, wenn ich ihm den Grund dafür nenne.«

Bevor sie aus dem Wald aufgebrochen waren, hatte Nok ihnen noch alles gesagt, was er über Drachen wußte. Dabei hatte er auch erwähnt, daß für Kalaks Umwandlung die Lebenskraft von Zehntausenden von Leuten benötigt wurde. Natürlich hatten die Gefährten sofort erkannt, daß das der Grund dafür war, warum der König das Stadion schließen lassen wollte.

Agis fuhr fort: »Außerdem gibt es noch zwei weitere gute Gründe dafür, daß ich mich in Tithians Nähe aufhalte. Zum einen werde ich ihn töten, falls er dennoch einen Alarm auslösen will, wenn du mit Rikus den Kampf eröffnest. Selbst wenn er uns betrügt, könnte euch das genug Zeit verschaffen, Kalak zu erledigen.«

»Bevor die Templer uns töten«, fügte Rikus hinzu. »Dieser Plan gefällt mir noch immer nicht. Ich bin hier, um Sadira und Neeva zu helfen. Was kümmert mich diese Masse von Bürgern, die nur hier sind, weil es ihnen Spaß macht, Sklaven zuzuschauen, die sich gegenseitig zerhacken. Soweit es mich betrifft, verdient diese Meute, was auch immer Kalak ihnen antut.«

»Und was ist mit dem Rest von Tyr?« fragte Neeva. »Du hast Nok gehört. Wenn Kalak erst einmal ein Drache ist, wird er nicht aufhören zu töten. Er wird Tyr vernichten und vielleicht auch das ganze Tal.«

»Wir werden keine Leben retten können, wenn wir sterben, bevor wir eine Chance bekommen, den König anzugreifen«, erwiderte Rikus. »Andererseits könnten wir sicher sein, Tausende von Leben zu retten, wenn wir den Nachmittag damit verbringen würden, jene zu warnen, die nicht zu den Spielen gegangen sind.«

»Rikus, hier geht es um mehr als nur darum, Leben zu retten«, sagte Agis. »Es geht um die Freiheit…«

»Wir haben unsere Freiheit«, erwiderte der Mul. »Das ist es, was für mich wichtig ist.«

»Es geht aber auch wieder nicht um die Freiheit«, unterbrach Sadira sie. »Es geht um das Böse. Wenn jemand den Hexerkönig vor tausend Jahren aufgehalten hätte, dann wäre Athas nicht so furchtbar, wie es heute ist. Wenn wir Kalak jetzt nicht aufhalten, wer weiß, wie die Welt dann morgen aussehen wird?«

»Das verstehe ich«, antwortete Rikus, »aber du und Neeva – und vermutlich sogar Agis –, ihr seid mir wichtiger als der Rest von Tyr. Ich werde euch helfen, Kalak zu bekämpfen, aber ich will auf keinen Fall dazu beitragen, daß jemand von euch getötet wird.«

»Vielleicht wird es dazu nicht kommen«, sagte Agis. »Das ist im übrigen der zweite Grund, warum ich in Tithians Nähe sein will, wenn wir angreifen. Wenn jemand uns retten kann, nachdem Kalak getötet wurde, dann ist er es.«

»Das ist ein schöner Gedanke, aber ich verstehe nicht, warum er das tun sollte«, sagte Neeva und schüttelte den Kopf. »Wenn Kalak tot ist, wird Tithian bemüht sein, seinen Anteil an dem Attentat zu verbergen. Es wird in seinem Interesse liegen, sicherzustellen, daß jeder, der etwas über seine Verwicklung in diese Geschichte weiß, getötet wird.«

»Was der Grund dafür ist, warum ich in seiner Nähe sein werde«, erklärte Agis. »Die Androhung eines sofortigen und schmerzhaften Todes wird Tithian davon überzeugen, daß er uns zur Flucht verhelfen muß.«

»Das ist besser als alles, woran ich gedacht habe«, gab Rikus zu.

»Gut«, sagte Sadira. »Nachdem wir nun alle zufrieden sind, sollten wir gehen.« Sie machte sich zum Stadion auf, bevor einer von ihnen dieses Thema noch einmal aufwerfen konnte.

»Ich habe nicht behauptet, daß ich zufrieden bin«, brummte Rikus, legte sich den Speer über die Schulter und starrte ihr nach.

Agis trat neben ihn. »Ich werde dir und Neeva dabei helfen, ins Stadion zu gelangen«, bot er an. »Als... Sklaven könntet ihr einige Schwierigkeiten bekommen...«

»Ich denke, sie kennen uns dort«, sagte der Mul mit stolzem Lächeln.

Damit machte er Neeva ein Zeichen und ging dann über die Straße auf das nächstgelegene Tor zu. Als die beiden berühmten Gladiatoren den dunklen Gang erreichten, traten die Wächter beiseite und neigten grüßend ihre Stangenäxte.

Rikus und Neeva betraten die Arena. Der donnernde Applaus der Menge erschütterte sogar die Granitfundamente von Tyrs mächtigem Kolosseum. Die beiden Gladiatoren hielten unter dem Bogen des Eingangs inne, damit sich ihre Augen an das helle Licht gewöhnen konnten. Die Menge brüllte noch lauter. Kurz darauf ging das Gespann auf die Mitte der Kampfarena zu und ließ den schalen Geruch von Wein und Schweiß, der in der Nähe der Tribüne hing, hinter sich. Wie gewöhnlich waren beide Gladiatoren nur leicht geschützt und bewaffnet, denn sie glaubten beide, daß es besser war, mit Wendigkeit und Kraft zu kämpfen. Sie trugen beide smaragdgrüne Kampfkleidung, die Neeva ausgesucht hatte, bevor sie zum Stadion gekommen waren. Rikus trug nur einen Lendenschurz, einen Lederharnisch, eine Knochenkappe und mit Eisenspitzen versehene Schützer an beiden Knien und Ellenbogen. Seine Waffe war der Kernholzspeer.

Neeva war mit dem Trikal mit Stahlklinge bewaffnet, den Agis ihr überlassen hatte. Zusätzlich zu Lendenschurz und Brustschutz trug sie einen elfenbeingehörnten Helm und einen Schulterschutz, von dem ein flügelähnlicher Umhang herabhing. Lange Handschuhe bedeckten ihre Unterarme, und zwei Beinschienen mit eisernen Knieschützern ihre Schienbeine.

Als das Paar die Mitte des riesigen Sandplatzes erreicht hatte, blieben beide stehen und bedankten sich für den Beifallssturm, indem sie der Menge ihre Waffen entgegenhoben. Das Stadion war so voll, wie Rikus es noch nie zuvor erlebt hatte. Auf den Haupttribünen hielten die Leute jeden verfügbaren Platz besetzt und blockierten zusätzlich die Gänge und Treppen. Auf den Galerien standen die Zuschauer noch dichter gedrängt. Dort saßen sie sogar am Rand des überhängenden Teils der Galerie, hielten sich an dem Halteseil fest und schimpften, wenn sie befürchten mußten, von ihren unsicheren Plätzen hinabgestoßen zu werden.

Es schien Rikus, als ob jedermann auf den Tribünen brüllte oder schrie oder mit den Handflächen gegen die Steinsitze schlug. Er konnte seinen Namen von tausend Stellen gleichzeitig rufen hören. Der Mul fragte sich, ob wohl irgend jemand von denen, die ihm jetzt huldigten, versuchen würde, ihm oder Neeva zu helfen, wenn er den Speer in Kalaks Herz schleuderte.

Nachdem sie sich für den Applaus der Menge bedankt hatten, verbeugten sich die Gladiatoren vor der Zikkurat, die über dem westlichen Ende der Arena aufragte. Danach wandten sie sich der Galerie der Hochtempler zu, einer kleinen, abgetrennten Fläche mit gepolsterten Sitzen, die aus der Galerie der Haupttribüne herausragte. Ihre Rück- und Seitenwände waren abgeschirmt, um ihre Besucher vor den Zuschauern auf den Tribünen zu schützen, und ein gelbes Schutzdach spannte sich darüber. Obwohl die Schatten Rikus die Sicht in die Galerie versperrten, hoffte er, daß Agis ihm auch wirklich aus der Dunkelheit zusah.

»Sage mir, auf wen ich wetten soll, auf Rikus oder auf Kalak?« fragte Tithian und beugte sich zu Agis hinüber, um sich ihm über den Lärm des Stadions hinweg verständlich zu machen.

»Auf Rikus natürlich«, antwortete Agis. Er schaute zur Galerie des Königs, wo Kalaks runzliges Gesicht gerade knapp über dem Geländer sichtbar wurde. »Wenn du auf Kalak wettest, verlierst du – was immer geschieht.«

Der Hochtempler hob eine Augenbraue. »Ist das so?«

Agis nickte und beugte sich dann näher an Tithians Ohr. Er sprach gerade laut genug, daß Tithian ihn verstehen konnte, und berichtete, was sie von Nok erfahren hatten. Es bestand natürlich ein geringes Risiko, daß Kalak ihrer Unterhaltung mit magischen Mitteln heimlich lauschte, aber Agis vermutete, daß der König im Moment andere Dinge im Sinn hatte.

Tithians Gesicht wurde blaß, und er fiel auf seinen gepolsterten Sessel zurück. »Ich vermute, ich sollte dies für zu unwahrscheinlich halten, um es zu glauben.«

»Tust du das?« fragte der Adlige.

Der Hochtempler schüttelte den Kopf.

»Dann bist du dabei?« fragte Agis und beugte sich noch näher an Tithians Ohr heran.

Der Senator war routinemäßig durchsucht worden, bevor er die Erlaubnis erhalten hatte, die Galerie zu betreten, und war daher unbewaffnet. Jedoch beherrschte er den Weg immer und überall. Wenn er keine zufriedenstellende Antwort von seinem alten Freund bekäme, wollte er den Hochtempler töten. Dieser Entschluß stand für ihn fest.

»Ich habe niemals gesagt, daß ich euch helfen werde, sondern nur zugestanden, daß ich euch nicht im Weg stehen werde«, antwortete Tithian. »Ich habe mein Wort gehalten, wie aus der Tatsache hervorgeht, daß du hier bist und meine Gladiatoren dort unten stehen.« Er deutete zur Mitte der Arena, wo Rikus und Neeva noch immer seine Antwort auf ihren Gruß erwarteten.

»Bei dieser Sache gibt es keine Zuschauer«, sagte Agis. »Du bist entweder für uns oder gegen uns.«

Tithian begegnete dem drohenden Blick seines Freundes gelassen. »Ich verlange im Gegenzug auch etwas.«

»Was?«

Der Templer zuckte die Achseln. »Das hängt davon ab, was du von mir willst.«

»Was wir brauchen, sollte für einen Mann deines Ansehens eine Kleinigkeit sein«, sagte Agis. »Bring uns einfach hier raus, nachdem Rikus den Speer geworfen hat.«

Tithian schloß die Augen und stieß einen ironischen Seufzer aus. »Agis, ich bin nicht für die Sicherheitskräfte zuständig«, sagte er. »Kalak hat die Verantwortung dafür Larkyn übertragen.«

In der Mitte des Platzes fürchtete Rikus auf einmal, daß er recht damit gehabt hatte, Tithian nicht zu trauen. Jeden Moment erwartete er, eine Abordnung von Halbriesen in die Arena stürzen oder ein paar magischer Blitzpfeile aus der Galerie schießen zu sehen, die ihn und Neeva vernichten sollten.

Er wartete. Es geschah nichts, außer daß sich der Lärm auf den Tribünen zu fieberhafter Begeisterung steigerte. Die beiden Gladiatoren standen bewegungslos in der stickigen Nachmittagshitze, und der schale Geruch vom Blut und Tod des Morgens hing noch im Sand.

Schließlich trat Tithian an den Rand der Galerie, wo Rikus und Neeva ihn sehen konnten. Er reagierte auf ihren Gruß, indem er einen schwarzen Schal schwenkte. »Es ist fast soweit«, grollte Rikus und wandte sich abrupt ab, um zum östlichen Ende der Arena zu schauen.

»Beklage dich nicht«, ermahnte ihn Neeva und wandte sich ebenfalls um. »Es sieht so aus, als hätte Agis in bezug auf Tithian recht behalten.«

Dieses Mal sahen die beiden Gladiatoren zum Goldenen Turm hinüber, wo sich über dem Ende des Kampfplatzes die

Galerie des Königs erhob. Nur zwei Halbriesen standen auf beiden Seiten der Galerie und flankierten einen riesigen Jadethron. Der Thron stand am vorderen Rand der Galerie. Kalaks kahler Kopf, sein goldenes Diadem und seine dunklen Augen waren über dem Geländer kaum zu erkennen.

»Ich hoffe, er steht auf, wenn ich bereit bin, den Speer zu werfen«, sagte Rikus und neigte seine Waffe vor dem König. »Selbst bei halber Entfernung wäre sein Kopf kein gutes Ziel.«

Kalak ließ sie nicht annähernd so lange warten, wie Tithian es getan hatte. Nach der formellen Wartezeit von zwei Sekunden bedeutete einer der Leibwächter dem Paar, sich in eine Ecke der Arena zu begeben. Während sie zu ihrer Startposition schritten, betrachtete Rikus die anderen Gladiatoren auf dem Kampfplatz. Auf jeder Seite der Arena standen sechs Gespanne. Einige waren vollständig Menschen oder Halbelfen, hart aussehende Männer und Frauen, die an die Gruben verkauft worden waren, um ihre Schulden zu begleichen oder auch als Bestrafung für Verbrechen. Es waren auch mehrere Vertreter fremdartigerer Rassen darunter, einschließlich einer Gruppe riesiger Baazrag, zwei Nikaal mit purpurfarbenen Schuppen und einem Paar gebeugter Gith.

Rikus kannte nur wenige der anderen Kämpfer. In der entgegengesetzten Ecke standen Chilo und Felorn, ein Gespann von Tarek. Wie die Mule waren auch die Tarek groß, muskulös und unbehaart. Ihre Köpfe waren jedoch eckig und grobknochig, sie hatten fliehende Stirnen und wulstige Brauen, dazu flache Nasen mit geblähten Nasenflügeln und ein gewölbtes Maul voller scharfer Zähne. Keiner der Tarek trug irgendeine Form von Rüstung, aber jeder hatte zwei Waffen bei sich: Stahlhandgelenksklingen, die genauso als Abwehrwaffe wie als Schlagwaffe benutzt werden konnten, und einen knöchernen Pfähler, eine hammerartige Waffe mit einer gezackten Spitze.

Rechts von Rikus stand ein behaarter Halbriese, der eine Obsidianaxt trug, deren oberer Teil so groß war wie ein Zwerg. Seine Partnerin war eine Vollblutelfin, die mit einer Peitsche aus Knochen und Schnur bewaffnet war. Der Mul kannte die Elfin nicht, aber der Halbriese war Gaanon, ein ehemaliger Wächter, den er vor einem Jahr bei einem Wettbewerb verwundet hatte. Als Rüstung trug Gaanon ein Lederwams mit Kragen, das einem normalen Mann gut als Zelt gedient hätte. Die Elfin trug einen Bronzeschutz auf ihrer linken Schulter und einen mit Eisenspitzen versehenen Handschuh an ihrem rechten Unterarm.

Als sie bemerkte, daß sie beobachtet wurde, lächelte die Elfin Rikus verzerrt zu. Der Mul wußte nicht, ob sie die Geste höflich gemeint hatte oder ob sie ihn einschüchtern wollte, aber er glaubte daraus erkennen zu können, daß sie sich auf den Kampf freute. Er zuckte die Achseln, schaute fort und wandte seine Aufmerksamkeit wieder seiner eigenen Partnerin zu. »Irgendein Zeichen von Sadira auf den Tribünen der Adligen?«

»Ich habe nichts gesehen«, erwiderte Neeva. »Traust du ihr nicht zu, daß sie auf ihre Position gelangt ist?«

»Ich traue es ihr zu«, sagte Rikus und lächelte seine Kampfpartnerin herzlich an. »Aber vielleicht nicht so sehr, wie ich deinem Trikal den Sieg zutraue.«

»Ich hoffe, du erinnerst dich noch daran, wenn das hier vorüber ist«, seufzte sie und warf ihm einen bedeutungsvollen Blick zu. Ein lautes Knarren echote durch das Stadion und lenkte die Aufmerksamkeit von Gladiatoren und Zuschauern auf die Mitte der Arena. Etwas Riesiges erhob sich aus dem Sand, und dann begannen sich zwei große Türen zu öffnen. Erregtes und neugieriges Murmeln lief durch die Menge, denn diese Türen führten zu einem unterirdischen Lagerraum. Sie wurden selten geöffnet, außer wenn spezielle Vergnügungen in der Arena geplant waren.

Heute war es nicht anders. Als sich die Türen schlossen, hob sich ein bekannter, orangefarbener Rückenschild aus der Grube. Ein Paar armlanger Scheren mit Widerhaken ragte an einer Seite unter dem Rückenschild hervor.

»Der Gaj!« flüsterte Sadira und beobachtete, wie sich das Ungeheuer aus der Grube hob.

Sie stand auf der Terrasse über den Rängen der Adligen. Die letzten beiden Stunden hatte sie vergeblich versucht, sich ihren Weg zu ihrer Position zu bahnen. Leider hatten andere Zuschauer, weil das Stadion so überfüllt war, seit dem frühen Morgen versucht, in die vorderen Ränge zu gelangen. Die Adligen hatten sich bitter darüber beschwert, und jetzt ließen die Wächter am Aufgang niemanden mehr die Treppen hinab, es sei denn, daß jemand für den Neuankömmling eintrat.

Als Sadira beobachtete, wie sich der Gaj aus der Grube erhob, erkannte sie bald, daß er auf Kalaks Obsidianpyramide saß. In der Hoffnung, daß dieses Schauspiel die Ablenkung bewirkte, die sie brauchte, bahnte sie sich ihren Weg die Terrasse hinab, bis sie einen Wächter fand, der anscheinend mehr Interesse an den Vorgängen in der Arena als an seiner Arbeit hatte. Die Zauberin atmete tief ein und schritt dann kühn an dem Halbriesen vorbei. Eine große Hand senkte sich jedoch augenblicklich vor ihr herab. »Wo willst du hin?« fragte eine tiefe Stimme. Der Halbriese schaute nicht einmal zu ihr hinunter, um zu sehen, wen er ansprach.

Sadira richtete ihren Blick auf die einzige freie Stelle unter ihr und schlug dem Wächter dann mit dem Knauf ihres Stockes auf die Knöchel. »Zu meinem Platz!«

»Auuu!« Der Halbriese zog seine Hand zurück und schaute jetzt erstaunt nach unten.

Sadira wollte vorbeigehen.

»Tut mir leid«, sagte der Halbriese und heftete seine hervorstehenden Augen auf ihr Gesicht. »Ich erinnere mich an dich von…« Der Wächter furchte seine Brauen, und Sadira erkannte sofort, daß sie ein Problem bekam.

»Pegen!« keuchte der Halbriese. Er packte sie an der Schulter. »Du warst diejenige, die mich an dem Stadttor zum Narren gemacht hat! Du hast Pegen getötet!«

»Im Namen von…«, zischte Sadira und verfluchte ihr Pech. Sie fuhr herum und schlug ihren Stock dem Wächter in den Unterleib, was bei einem Halbriesen für sie nur eine Handbewegung bedeutete. Er stöhnte, ließ ihre Schulter los und griff nach seiner Knochenkeule, die er gegen die Mauer der Tribüne gelehnt hatte.

Sadira widerstand der Versuchung, Magie einzusetzen, denn die würde vom größten Teil des Stadions aus genau gesehen werden. Statt dessen schlüpfte sie an dem Wächter vorbei und rannte auf einen Tunnel zu, der nach draußen führte. Der Halbriese folgte ihr, während er ihr schreiend befahl, stehenzubleiben, und schreckliche Konsequenzen androhte, wenn sie nicht gehorchen würde. Die Szene erregte einige Heiterkeit bei jenen, die sich in unmittelbarer Nähe befanden, aber der Klang von Tithians magisch verstärkter Stimme lenkte ihre Aufmerksamkeit schnell wieder auf die Obsidianpyramide zurück.

»Die Regeln des Spiels sind einfach: Das letzte Paar von Gladiatoren, dem es gelingt, sich auf der Spitze der Pyramide zu halten, wird den Wettbewerb gewinnen.«

Obwohl Sadira sich fragte, was in der Arena vor sich ging, wagte sie es nicht, stehenzubleiben, um zurückzuschauen. Der Halbriese war nur wenige Schritte hinter ihr.

Rund um das Stadion erklang lautes Krachen an den Eingängen, als die Tore herabgelassen wurden. Als sie erkannte, daß sie gleich von den Straßen abgeschnitten sein würde, lief die Zauberin auf den nächstgelegenen Eingang zu. Das Rasseln der Ketten hallte im Felsdurchgang, und die Templer am anderen Ende des Tunnels sprangen auf die Straße. Ein riesiges Tor krachte zu Boden und blockierte den kurzen Gang. Sadira war gefangen.

Kalak erhob sich und trat an den Rand seiner Tribüne. »Laßt die Spiele beginnen!«

Die anderen Gladiatoren eilten auf die Pyramide zu, die eine Gruppe von Templern vor Kalaks Galerie gebracht hatte. Neeva wollte ihnen folgen, aber Rikus griff schnell nach ihrer Schulter.

»Laß die anderen eine Weile kämpfen. Der Gaj wird schon verhindern, daß sie den Preis bald einfordern«, sagte er und deutete auf die Spitze der glasartigen Pyramide, wo die blutdürstige Bestie noch immer lauerte. »Außerdem, wenn Kalak am Rande seiner Galerie stehenbleibt, können wir vielleicht von unten einen guten Wurf auf ihn abgeben.«

»Was ist mit Agis und Sadira?« fragte Neeva. »Du kannst nicht angreifen, solange sie nicht bereit sind.«

»Sie sollten genau zuschauen«, sagte Rikus.

Vor ihnen gelang Gaanon der erste Treffer, indem er einem dummen Baazrag einen tückischen Schwinger versetzte. Das pelzige Wesen blockte mit seinem Dreizack ab, während seine eingesunkenen Augen Verwirrung über den Angriff verrieten. Die Axt des Halbriesen zerbrach die Waffe, als sei sie ein dünner Zweig, und zerschnitt dann den wuchtigen Körper des Baazrag unmittelbar unter der Brustlinie in einzelne Stücke. Brüllender Applaus erklang.

Der weibliche Baazrag wurde wütend. Sie zielte mit ihrer zweischneidigen Axt auf Gaanons Bein und brachte den ungeschickten Halbriesen beinahe zu Fall. Dann hob sie ihre wuchtigen Arme, entblößte gelbliche Fänge und griff an. Die Elfenpartnerin des Halbriesen verschwand plötzlich von Gaanons Seite und tauchte dann hinter der wütenden Baazrag wieder auf.

»Die Elfin ist ein Teleporter«, murmelte Rikus.

Neeva brummte, um ihm zu verstehen zu geben, daß sie seine Bemerkung gehört hatte, schien aber ansonsten unbeeindruckt zu sein.

Die Elfin schlug der Baazrag mit ihrer Peitsche um die Beine, und die pelzige Bestie fiel Gaanon vor die Füße. Mit einem weiteren schnellen Schlag seiner Axt enthauptete er sie.

»Wir sollten versuchen, uns zu Kalak vorzuarbeiten«, sagte Rikus und ging auf das allgemeine Handgemenge zu.

Das scheinbare Chaos des für alle freigegebenen Kampfes wurde tatsächlich in vielen kleinen Duellen zwischen den Kämpfern ausgetragen. Rikus ging vorsichtig an diesen kleinen Schlachten vorbei auf die Mitte des Platzes zu. Wenige Meter vor der Pyramide strebten zwei Gith vorwärts, um den Mul und seine Partnerin aufzuhalten. Die hervorstehenden Augen fest auf Rikus und Neeva fixiert, bewegten sich die buckligen Eidechsenmänner gebückt vorwärts. Jedes der knochigen Wesen trug einen federngeschmückten Helm auf seinem knochigen, pfeilförmigen Kopf. Mekillotschalenplatten schützten die verwundbaren Stacheln auf ihren Rükken.

»Laß uns diese beiden schnell erledigen«, sagte Rikus und brachte seinen Speer in Angriffsposition. Er warnte Neeva nicht davor, auf paranormale Tricks zu achten, denn sie hatten beide schon zuvor gegen Gith gekämpft. Sie kannte deren angeborene Fähigkeiten genauso gut wie er.

»Verschwende keine Zeit mit Reden!« sagte sie und trat neben ihn. »Töte sie einfach.«

Der kleinere Gith führte als erster einen Angriff und bedrängte Rikus mit einer Reihe unbeholfener Sprünge. Der Mul brachte das Wesen schnell zum Stehen, indem er es mit seiner Speerspitze bedrohte. Der hagere Eidechsenmann hob widerwillig seine eisenbewehrte Keule, um sich damit zu schlagen. Dieses taktische Manöver würde bald mit seiner Vernichtung enden, das wußte Rikus. Der andere Gith blieb wenige Meter vor Neeva stehen und betrachtete ihren Trikal mit einem hervorstehenden, lidlosen Auge. Kurz darauf wurde Neevas Waffe in ihren Händen lebendig.

»Das verdammte Ding hat meinen Trikal belebt!«

Ohne den Blick von seinem eigenen Gegner abzuwenden, schüttelte Rikus den Kopf. »Das hättest du nicht tun sollen«, sagte er laut zu Neevas Angreifer. »Das macht sie nur böse.«

Ein untersetzter Templer mit zerfurchtem, ledrigem Gesicht stürmte auf die Tribüne. Der Mann blieb vor Agis' Stuhl stehen und nahm dem Adligen damit die Sicht auf den Kampf zwischen seinen Freunden und den beiden Gith.

»Was soll das bedeuten?« fragte der Neuankömmling. Er ignorierte Agis vollständig und wandte sich ausschließlich an Tithian.

»Was soll was bedeuten, Larkyn?« fragte Tithian.

»Ihr habt die Tore zu früh geschlossen!« fauchte der. »Die Hälfte meiner Templer ist ausgesperrt, und die Menge wird bereits unruhig.«

»Tatsächlich?« fragte Tithian gelassen. Er warf Agis einen wissenden Blick zu.

Larkyn betrachtete den Senator und runzelte die Stirn, zeigte aber keinerlei Anzeichen dafür, daß er ihn erkannte. Das überraschte den Adligen keineswegs, weil die Hochtempler den Senat genauso sorgfältig mieden, wie die Senatoren einen Bogen um die oberste Verwaltung machten. Obwohl ihnen ihre Namen sicherlich gegenseitig bekannt waren, bezweifelte Agis, daß sie vorher jemals näher als auf hundert Fuß Entfernung zusammengekommen waren.

Als der Adlige keinerlei Anstalten machte, aufzustehen, räusperte sich Larkyn geräuschvoll.

Ein schlaues Grinsen huschte über Tithians dünne Lippen, und dann stieß er Agis mit dem Handrücken an. »Wie könnt Ihr es wagen, auf der Tribüne der Hochtempler zu sitzen!«

Agis sprang mit der ganzen Demut eines Untergebenen, der seinen Platz vergessen hat, auf. »Bitte vergebt mir, hoher Herr«, bat er unterwürfig und verbeugte sich vor Larkyn. »Ich war von dem Wettbewerb gefesselt.«

Larkyn entließ ihn mit einem Winken seiner Hand und setzte sich dann auf den Stuhl, den der Adlige gerade frei gemacht hatte. Agis trat zur Rückwand der Tribüne und spähte die Treppe hinab. Unten sah er ungefähr zwei Dutzend niederrangige Templer. Obwohl es unmöglich war, Tithians Männer von Larkyns zu unterscheiden, konnte Agis doch erkennen, daß eine Gruppe der anderen den Zutritt zur Galerie verwehrte.

Voller Bewunderung für die Gerissenheit, mit der Tithian Larkyn auf den Sessel manövriert hatte, trat Agis unmittelbar hinter sie, damit niemand sehen konnte, was er tat. Er griff unter sein Gewand und zog das Stilett hervor, daß Tithian ihm kurz vor Larkyns Ankunft gegeben hatte, denn der Hochtempler war natürlich nicht auf Waffen durchsucht worden. Während der Adlige lieber eine Methode benutzt hätte, Larkyn am Leben zu lassen, aber kampfunfähig zu machen, hatte sein alter Freund darauf bestanden, ihm einen Dolch in den Rücken zu stoßen.

Als Agis die Klinge durch den weichen Bezug des Sitzes stieß, blitzte ein weißes Licht von dem Durchgang her auf, in den Sadira geflohen war. Weder war es besonders hell, noch war es lange zu sehen, noch zog es einen Donnerschlag nach sich. Dennoch war es gut sichtbar, und viele neugierige Zuschauer teilten auf einmal ihre Aufmerksamkeit zwischen dem Kampf in der Arena und dem rätselhaften Feuerwerk auf den Tribünen.

»Hast du das gesehen?« fragte Rikus und wandte seinen Blick wieder von dem Blitz ab, den er gerade auf den Tribünen gesehen hatte. Zu seinen Füßen lagen die beiden Gith, die Neeva und er getötet hatten, ohne einen Kratzer abzubekommen. Auf der Galerie über ihnen saß Kalak am Rande seines Thrones und beobachtete den Kampf; es gab keinerlei Anzeichen, daß der Lichtblitz ihn beunruhigt hätte. Der Mul sagte sich schließlich, daß es ein Templer gewesen war, der sich um einen aufsässigen Zuschauer gekümmert hatte.

»Rikus, paß auf!« rief Neeva plötzlich. »Die Tarek!«

Der Mul fuhr herum. Der mächtige, männliche Tarek war bereits so nahe herangekommen, daß sein moschusartiger Geruch Rikus in die Nase stieg. Die Frau wandte sich sofort Neeva zu. Die beiden Frauen tauschten blitzschnelle Schläge aus und erfüllten die Arena im Verlaufe ihres Abblockens und Parierens mit klirrenden Stakkato-Geräuschen.

Chilo griff Rikus mit seinem Pfähler an, wobei er auf den Arm des Mul zielte. Rikus wiederum benutzte seinen Speer, um den Schlag abzublocken. Ein scharfes Krachen ertönte, und dann pfiff der Pfähler an Rikus vorbei. Der Tarek öffnete sein Maul, entblößte seine weißen Fänge und schlug dann mit seinen Handgelenksklingen nach dem Bauch des Mul. Rikus zog sich zurück. Als die scharfen Klingen über seinen leichten Harnisch schrammten, landete er einen seitlichen Tritt auf Chilos wuchtiger Brust. Als der Fuß auftraf, blähte der Tarek seine gewaltigen Nasenflügel. Ansonsten zuckte er mit keiner Wimper. Rikus stieß sich ab und versuchte ein wenig Entfernung zwischen sich und Chilos hoch aufragende Gestalt zu bringen.

Felorn schlüpfte daraufhin zwischen den Mul und seine Partnerin. Um nicht von Neeva getrennt zu werden, begann Rikus zurückzuweichen. Die dunklen Augen unter Chilos knochigen Brauen blitzten auf, und Rikus wußte, daß er damit genau das tat, was sein Gegner erwartet hatte. Er hielt mitten in der Bewegung inne und stemmte beide Füße fest gegen den Boden. Chilo griff an, wobei er beide Waffen mit weit ausgestreckten Armen umherschwang.

Rikus hob die Spitze seines Speers. »Die Erwartung, mich einschüchtern zu können, war deine letzte Fehleinschätzung«, sagte er und machte einen Schritt nach vorn.

Chilos Waffen durchschnitten die Luft hinter Rikus, und der Mul stieß seinen Speer in das Herz des Tarek. Die Spitze glitt leicht in die dicht mit Muskeln durchsetzte Brust. Chilos Kinn sank herab, seine Augen wurden glasig, und sein Angriff stockte – aber er fiel nicht hin und ließ auch seine Waffen nicht fallen. Er trat nur von dem Mul fort und zog seinen Körper von dem Speer fort.

»Ich hasse die Tarek noch mehr als Asticleswein!« grollte Rikus. Er hatte Chilo einen tödlichen Stoß versetzt hatte. Aber oftmals kämpften Tarek nach ihrem Tod noch weiter.

Rikus nutzte Chilos Erschrecken und warf einen Blick über seine Schulter. Felorn stand noch immer zwischen ihm und Neeva. Der Mul trat zurück und ließ das andere Ende seiner Waffe zwischen die Rippen der Frau gleiten. Vor Schmerz aufheulend, versuchte sie vergebens, sich von dem Speer zu befreien.

Als Rikus zu Chilo zurückschaute, ließ Felorn ihre Waffen fallen. Sie schlug so wild um sich, daß der Mul den Kernholzspeer kaum festhalten konnte.

Chilo stolperte vorwärts und schwang seinen Pfähler auf den Mul zu. Rikus griff jedoch in dessen Bogen und blokkierte den Angriff am Handgelenk des Tarek. Die gezackte Klinge blitzte über seiner Schulter auf. Der Mul sah Chilo an und starrte in leblose Augen. Ohne fortzuschauen, trat er wie ein Pferd nach hinten zu Felorn aus und löste sie damit von seinem Speer. Chilo ließ seinen Pfähler fallen, packte Rikus bei den Schultern und hob seine Handgelenksklingen.

Eine der Fähigkeiten, die Rikus und Neeva zu großartigen Kampfpartnern machten, war ihr Vermögen, immer genau zu erkennen, wann sie Hilfe brauchten. Jetzt war ein solcher Zeitpunkt gekommen. »Neeva!« rief Rikus zu seiner Partnerin hinüber.

Die Handgelenksklingen begannen herabzusinken. Neevas Trikal blitzte an Rikus' Kopf vorbei. Die Luft vibrierte von einem scharfen Schlag, und dann fiel die Hand, die die Klingen gehalten hatte, zu Boden. Chilos blutendes Handgelenk traf trotzdem Rikus' Gesicht und riß dort eine lange, klaffende Wunde. Rikus reagierte blitzschnell, indem er seinen mit eisenbewehrten Ellenbogenschutz in Chilos Mund rammte. Der Tarek fiel leblos zu Boden und machte keine Anstalten mehr, sich wieder zu erheben. Rikus wandte sich um, um jetzt seiner Partnerin zu helfen. Gegenwärtig brauchte Neeva seine Hilfe jedoch nicht. Die Gladiatorin senkte ihren Trikal auf Felors Hals und trennte damit ihren Kopf von den Schultern. Der Körper der Tarekfrau versuchte nicht weiterzukämpfen.

Rikus schaute zur Galerie des Königs hinauf. Kalak stand an dem Geländer. Seine eingesunkenen, schwarzen Augen waren auf die toten Tarek gerichtet. Der Mul war versucht, den Speer in diesem Moment zu werfen, aber er hätte keinen geraden Wurf abgeben können.

Neeva packte seinen Arm. »Noch nicht«, sagte sie. »Wir müssen erst sicherstellen, daß Agis und Sadira wissen, daß du es tust.«

»Du hast recht, wie üblich«, antwortete Rikus und schaute zur Obsidianpyramide hinüber.

Auf dem Platz gab es jetzt nur noch drei Gladiatorengespanne: Rikus und Neeva, den Halbriesen Gaanon und seine Elfenpartnerin und ein Menschenpaar. Die Menschen hatten ihre Sandalen abgelegt, um die glasartige Pyramide zu erklimmen und hatten schon fast die Spitze erreicht. Gaanon und seine Elfenpartnerin waren unmittelbar hinter ihnen, wobei sie an der Kante entlangkletterten, wo zwei Seiten der Pyramide zusammentrafen.

»Laß uns diesen Wettbewerb gewinnen«, sagte Rikus und nahm Chilos totem Körper die Klingen ab. »Oben auf der Pyramide werde ich eine bessere Wurfposition auf Kalak haben, und Sadira und Agis werden auf jeden Fall sehen können, was ich tue.«

Der Mul durchschnitt die Riemen seiner Sandalen. Neeva streifte ihre mit einer schnellen Bewegung ihrer Trikalklinge ab. Bevor Rikus und Neeva aufzusteigen begannen, erreichten jedoch die beiden Menschen die Spitze der Pyramide. Als die Frau oben ankam, streckte der Gaj blitzschnell seinen Kopf vor. Er ergriff sie mit seinen Scheren und schlang seine Tentakel um ihren Kopf und ihre Arme. Daraufhin ließ sie die Waffen fallen und schrie.

Als ihr Partner ihr zu Hilfe kam, rammte der Gaj seine Kiefer in ihn hinein. Der Mann stürzte die Pyramide hinab. Als er an Gaanon vorbeifiel, hob der Halbriese seine Axt und hackte ihm einen Arm ab.

Neeva begann die Kante emporzuklettern, die Gaanon und der Elfin gegenüberlag, und bemerkte: »Jetzt sind nur noch wir, die Elfin und der Halbriese übrig.«

»Und der Gaj«, fügte Rikus hinzu und folgte ihr. Das Obsidiangestein war so heiß, daß er es kaum ertragen konnte, seine Füße aufzusetzen. Rikus und Neeva waren ungefähr zwei Drittel des Weges hinaufgestiegen, als der Gaj die tote Frau losließ. Dann fuhr die Bestie herum, um sich Gaanon und der Elfin zuzuwenden.

»Gut«, kommentierte Rikus. »Soll sich doch der Halbriese um ihn kümmern.«

Rikus! hörte er plötzlich eine bekannte Gedankenstimme. *Ich habe schon darauf gewartet, deine Gedanken zu hören. Ich hatte befürchtet, du wärest dort unten umgekommen.*

Sie haben mich noch nicht besiegt, erwiderte Rikus und ließ die letzten Worte des Gaj nachklingen. *Wie hast du überlebt? Ich dachte, ein Speer durch den Kopf würde jedes Wesen töten. Tithian, mein Herr, hat einen Mann gesandt, der sich um mich kümmern sollte. Ohne seine Gedanken wäre ich vielleicht zu schwach geblieben, um mich zu erholen.*

Du hast deinen Heiler angegriffen? fragte Rikus.

Ich bin wie Yarig. Ich muß meiner Bestimmung folgen, erwiderte der Gaj. *Genauso, wie du hierhergekommen bist, um der deinen zu folgen.*

Rikus schaute gerade rechtzeitig hoch, um zu sehen, wie die Elfin die Kante verließ, die sie und Gaanon hinaufgeklettert waren. Sie tauchte als nächste hinter dem Gaj auf. Leider blieben aber ihre Peitsche und ihre Eisenspitzen gegen den dicken Rückenschild wirkungslos. Sie stand erstaunt da und betrachtete das Wesen. Die belustigte Menge begann sie mit Pfiffen zu quälen. Als Gaanon oben ankam, wurde es Rikus klar, daß das Vorgehen der Elfin richtig war. Sie schlug mit ihrer Peitsche auf die orangefarbene Schale ein und hielt damit die Aufmerksamkeit des Gaj auf sich gerichtet. Er wandte sich langsam zu ihr um und schlang einen Tentakel um ihren Arm. Die Halbelfin schrie schmerzerfüllt auf, und dann schloß der Gaj seine Scheren um ihr Handgelenk.

Gaanon betrat hinter dem Wesen die Plattform. »Jetzt, Raffaela!« rief er.

Die Elfin teleportierte sich fort und ließ zwischen den Scheren des Gaj nichts als Leere zurück. Die Bestie schrie, denn der Tentakel, den sie um den Arm der Frau geschlungen hatte, war ebenfalls verschwunden. Raffaela tauchte am Fuß der Pyramide wieder auf, wo sie sich vor Schmerzen wandt, während sie den Tentakel von ihrem Arm zog. Gaanon beugte sich hinüber und packte den rückwärtigen Teil des Rückenschilds des Gaj. Langsam begann der Halbriese ihn anzuheben. Die zaundürren Beine des Wesens schossen hervor und kratzten über die glasartige Oberfläche der Plattform.

»Das ist für die Wunde, die du mir letztes Jahr zugefügt hast, Rikus!« rief Gaanon.

Der Mul sah, daß der Kopf und die Scheren des Gaj unmittelbar über ihm und Neeva von der Plattform hingen. Gaanons einfältiges Gesicht sah hinter dem rostfarbenen Schild der Bestie hervor. Er betrachtete Rikus mit offenem Hohn.

Ein schwaches Zischen erklang unter dem Gaj, als der sein Verteidigungsgas abgab. Es sah so aus, als wollte Gaanon würgen, aber trotzdem schob er die Bestie weiter vorwärts. Plötzlich schlidderte der Gaj die glasartige Pyramide hinab und schien kaum mehr als ein orangefarbener Strich zu sein, als er auf Neeva prallte. Rikus sprang ihm aus dem Weg. Als er auf dem steilen Hang landete, verlor er den Halt und stürzte kopfüber auf den sandigen Platz hinab.

Gaanons brutales Lachen hallte über den Kampfplatz. Rikus sprang auf die Füße, den Speer in der Hand, und spuckte Sand. Der schwachsinnige Gesichtsausdruck des Halbriesen verwandelte sich in Angst, als er sah, daß die Waffe auf ihn zeigte, obwohl sich Rikus noch zurückhielt, sie zu gebrauchen. Raffaela hatte sich offenbar inzwischen erholt. Wenn er den Speer werfen würde, würde sie sich sicherlich zu ihm teleportieren und angreifen, bevor er sich eine weitere Waffe beschaffen konnte.

Statt dessen schaute Rikus zu der Stelle, an der der Gaj aufgeschlagen war. Die Bestie lag reglos auf dem Boden. Ihre Beine waren unter den Rückenschild eingezogen, und sie hielt den Kopf von ihm abgewandt. Der Mul hörte einen unterdrückten Schrei und sah, daß Neevas Trikal unter dem Schild des Gaj herausragte. Ohne zu zögern, sprang er der Bestie auf den Rücken.

»Laß sie los!« forderte er.

Neeva lag unter dem Gaj und schlug wild auf seinen Kopf ein. Die Tentakel des Wesens waren um ihren Helm geschlungen und zerrten verzweifelt, um ihn abzustreifen.

Laß sie los! wiederholte Rikus, der dieses Mal die Gedankensprache benutzte.

Nein, war die Antwort. *Überlaß sie mir, oder ich teile dem König den wahren Grund dafür mit, warum du heute kämpfst.*

»Dann sag es ihm!« fauchte Rikus und versenkte seinen Speer tief im Kopf des Monsters.

Der Gaj erschauerte und schrie vor Schmerz auf, aber die Verletzung hinderte ihn nicht daran, Neeva den Helm vom Kopf zu ziehen. *Du solltest wissen, daß du mich nicht töten kannst*, sagte er. *Geh, oder ich informiere den König!*

»Rikus! Hör damit auf!« schrie Neeva. Der Gaj versuchte, einen Tentakel um ihren Kopf zu schlingen, aber sie blockte ihn mit dem Unterarm ab. Als sich der Greifarm um ihr Handgelenk wandt, heulte sie vor Schmerz auf.

»Sein Körper!« kreischte Neeva. »Ziel auf seinen Körper.«

Der Gaj schleuderte einen freien Tentakel um ihren Kopf, und sie wurde still. Neeva kämpfte und fand irgendwie die Kraft, den Tentakel zu packen. Aus eigener Erfahrung wußte der Mul, daß sie nicht lange durchhalten würde, wenn das Wesen erst einmal in ihren Geist eingedrungen war.

Daher zog er entschlossen den Kernholzspeer aus dem Kopf der Bestie und stieß ihn dann in ihren Rücken. Seine Spitze glitt so leicht durch den Schild, wie sie in die Körper der Tarek eingedrungen war. Ein ohrenbetäubender Schrei erklang vom Kopf des Gaj. Er begann wild um sich zu schlagen. Rikus stieß den Speer noch tiefer hinein und drehte den Schaft hin und her.

Der Gaj hörte auf zu kämpfen. Der Gestank seines Verteidigungsgases erfüllte die Luft. Rikus zog hastig seinen Speer heraus und sprang von der Bestie herab.

»Worauf wartest du?« keuchte Neeva, deren Stimme schwach und rauh klang. »Ich kann nicht atmen.«

Rikus hielt die Luft an, damit er nicht durch die Gase des Gaj geschwächt wurde, und drehte das leblose Wesen dann auf den Rücken. Er benutzte den Speer, um die Tentakel von Neevas Kopf und Arm zu lösen. An den Stellen, wo das Wesen sie berührt hatte, hatten sich bereits Striemen und Blasen gebildet.

Die Menge brach in einen furchtbaren Beifallssturm aus. Rikus trat von dem Gaj fort und atmete tief ein. Er sah, daß Gaanons Elfenpartnerin bereits wieder auf die Spitze der Pyramide geklettert war.

Sowohl der Halbriese als auch die Elfin standen am Rande der Plattform und beobachteten ihn mit einem Ausdruck hochmütiger Verachtung.

Rikus schaute sich zu Neeva um. »Kannst du weiterkämpfen?«

»Ich lebe noch, nicht wahr?« sagte sie, obwohl sie noch nicht wieder aufgestanden war.

Die Menschen auf den Tribünen riefen Rikus' Namen und drängten ihn dazu, seine Partnerin zurückzulassen und die Pyramide allein anzugreifen.

Der Mul nahm seinen Speer auf und schaute zur Galerie des Königs hinüber. Kalak stand noch immer am Geländer. Er beugte sich vor und schaute auf den Mul und seine Partnerin hinab, wobei sich seine Lippen zu einem sadistischen Grinsen kräuselten.

Neeva nahm ihren Trikal und versuchte aufzustehen. Ihre Knie gaben nach, bevor sie sich halbwegs aufgerichtet hatte. »Ich bin zu schwach, Rikus«, sagte sie. »Du wirst es ohne mich versuchen müssen.«

»Nein«, sagte der Mul. »Wir werden das zusammen durchstehen.« Er hob den Speer, als wolle er werfen, und hielt die Spitze auf Gaanon gerichtet. Der Halbriese trat einen Schritt zurück. Donnerndes Getöse ertönte von den Tribünen, und Tausende von Stimmen drängten den Mul, seinen Rivalen zu töten. Rikus wartete, bis die Erregung weiter abnahm, und sah dann zu seiner Kampfpartnerin hinab, die im Sand lag und nach Luft rang. »Für dich und Sadira«, flüsterte er.

Neeva schüttelte den Kopf. »Für die Freiheit und für Athas.«

Bei diesen Worten wirbelte Rikus zur Galerie des Königs herum. Kalaks Augen weiteten sich.

Im selben Augenblick erschütterte eine ohrenbetäubende Explosion das Stadion. Ein gewaltiger silberner und goldener Blitz schoß aus den unteren Rängen hervor, als Sadira ihren Angriff startete. Helles Flackern erfüllte die Luft mit einem eigenartigen Geruch, der Rikus an schmelzendes Kupfer erinnerte. Der Blitz traf auf einer unsichtbaren Barriere am Rande der Galerie auf und explodierte in einer leuchtenden Kaskade roter und blauer Funken. Der Mul erblickte eine magische Mauer schimmernder Kraft, die aber unter lautem Zischen und scharfem Knallen wieder verblaßte.

Rikus machte einen Schritt vorwärts. Kalak schaute von dem Mul fort, denn sein Blick wurde plötzlich von Agis von Asticles auf der Galerie der Hochtempler angezogen. Rikus schleuderte den Speer mit aller Kraft. Als die verzauberte Waffe ihrem Ziel entgegenschoß, vergrößerte sich durch Agis' Einsatz des Wegs aus Kalaks verdrehtem Geist heraus ein Bild und wurde über dem gesamten Stadion sichtbar: ein Drache, wild und furchtbar, erhob sich bis zur Höhe der riesigen Zikkurat.

Das Bild des Drachen bäumte sich auf. Er war bereit, zuzuschlagen.

Genau in diesem Moment traf der Kernholzspeer Kalak, den Hexerkönig von Tyr, genau in die Brust und glitt geschmeidig durch seinen Körper hindurch. Die Schreie des Königs erfüllten das Stadion und bald auch die ganze Stadt. Die unirdischen Schreie verklangen auch dann nicht, als die Halbriesen ihrem Anführer zu Hilfe kamen und ihn in seinen goldenen Palast schleppten.

Der Drache

Die Stimmung im Stadion blieb angespannt, aber ruhig. Die meisten Angehörigen der Niederen blieben auf ihren Plätzen. Sie waren zu ängstlich oder zu betäubt, sich zu bewegen, und erfüllten die Luft mit dem unaufhörlichen Summen ihrer erstaunten Stimmen. Gruppen verärgerter Adliger schrien auf Templer mit versteinerten Gesichtern ein und versuchten vergebens, sie dazu zu bringen, die verschlossenen Tore wieder zu öffnen. Finster dreinblickende Halbriesen durchschritten die Tribünen und die Gänge, die wuchtigen Keulen über die Schultern gelegt, und beobachteten aus rotgeränderten Augen die Menge.

Das war nicht die Reaktion, die Agis erwartet hatte. Er hatte sich donnernden Aufruhr vorgestellt; er hatte gedacht, daß die Tribünen in Tumult ausbrechen und die rasende Menge auf den Kampfplatz strömen würde. Nichts davon geschah. Die Zuschauer waren zu erschreckt, um etwas Derartiges zu tun, und Larkyns Halbriesen wirkten auch zu bedrohlich, als daß sie es gewagt hätten.

Die Reaktion der Menge war nicht das einzige, was anders ablief, als Agis es sich vorgestellt hatte. Der Zeitpunkt des Angriffs seiner Freunde war perfekt gewählt gewesen, aber damit hatte ihr Erfolg auch aufgehört. So kraftvoll und gut gezielt Rikus' Wurf auch gewesen war, so hatte er den König doch nicht getötet. Von der Galerie der Hochtempler aus hatte der Adlige beobachtet, daß Kalak ärgerliche Gesten vollführt hatte, als ihn die Halbriesen von der Galerie des Königs zum Goldenen Turm brachten.

Agis wandte seine Aufmerksamkeit dem Kampfplatz zu,

wo Rikus und Neeva von Templern und Halbriesen umringt wurden. Die beiden Gladiatoren wurden zu Tithians Galerie eskortiert. Agis vermutete, daß ihre Zufriedenheit ihrem Vertrauen zuzuschreiben war, das sie in seinen Einfluß bei den Hochtemplern setzten, denn er wußte, daß Rikus und Neeva lieber im Kampf umkommen würden, als die Schmach einer Hinrichtung zu ertragen.

Als die Wächter stehenblieben, trat Tithian an den Rand der Tribüne und betrachtete das Paar mit gehässigem Blick. Rikus und Neeva erwiderten den Blick, wobei ihre Gesichter Mißtrauen und den Haß gegenüber dem Hochtempler verrieten. Agis trat vor, damit er nicht mehr in den Schatten unter dem Schutzdach verborgen war. Neevas angespannter Kiefer löste sich, aber Rikus' Gesichtsausdruck veränderte sich nur unmerklich von Haß zu Trotz.

»Bringt Eure Gefangenen zur Galerie«, sagte Tithian und sprach damit den Mann an, der in der Gruppe die Befehle gegeben hatte. Der Templer schien sich nicht wohl zu fühlen in seiner Haut. »Wir sind direkt dem für die Sicherheit des Königs zuständigen Hochtempler unterstellt worden«, sagte er. »Larkyn hat uns angewiesen, nur Befehle von ihm persönlich entgegenzunehmen.«

Tithian betrachtete den Stuhl, auf dem Larkyns Körper zusammengesunken war. Obwohl der Templer die Augen geschlossen hielt und sich nicht rührte, war das auch der einzige Hinweis auf seinen Tod. Wenn jemand trotz der Schatten auf der Galerie herüberblicken konnte, dann würde er, wie Agis hoffte, den Eindruck haben, daß der Hochtempler auf seinem Stuhl eingeschlafen sei.

»Ich fürchte, der Angriff auf unseren König hat Larkyn Unwohlsein verursacht«, sagte Tithian und schaute erneut auf den Kampfplatz. »Bringt die Gefangenen zu ihm, und er wird sich von seinem Platz aus um sie kümmern.«

Der zuständige Templer schien sich unbehaglich zu fühlen, nickte aber zustimmend. Er stieß die beiden Gefangenen auf den Ausgang der Arena zu.

Tithian zog sich in die Schatten des Schutzdaches zurück. »Was jetzt?« fragte der Hochtempler und richtete seinen Blick auf die Galerie des Königs. »Kalak ist tausend Jahre alt. Ich bezweifle, daß er uns den Gefallen tun wird, an dieser Verletzung zu sterben.«

Agis konnte nur die Achseln zucken. Er begann zu grübeln, ob Rikus mit seinem Zögern, mit solch einem Plan anzugreifen, nicht vielleicht recht gehabt hatte.

Ein Bote streckte seinen Kopf in die Galerie. »Hoher Herr, eine Adlige besteht darauf, Euch zu sprechen.«

»Was will sie?« fragte Tithian. Er schaute an dem Wächter vorbei und runzelte die Stirn. »Wer ist sie?«

»Ihr Name ist Sadira von Asticles«, antwortete er. »Sie...«

»Schick sie herauf«, unterbrach Tithian ihn. Er sah Agis an und kicherte. »Sadira von Asticles?«

Agis spürte, wie ihm das Blut in die Wangen schoß. »Nicht... formell, mein Freund«, sagte er und wunderte sich darüber, was es bewirkte, daß die Zauberin diesen Titel gewählt hatte.

Kurz darauf betrat Sadira schwer atmend den Vorbau. Ihr Seidenumhang war zerfetzt, und ihr Silberdiadem war verlorengegangen. Agis trat neben sie und nahm ihren Arm. »Was ist passiert? Bist du verletzt?«

»Die Menge wird unangenehm«, antwortete sie atemlos. Sie blieb unter dem Schutzdach stehen und stützte sich auf Ktandeos Stock.

Agis schaute von der Galerie auf den Kampfplatz. Auf der anderen Seite drängte die Menge auf die Tore zu. An Dutzenden von Stellen waren Kämpfe ausgebrochen, wobei die meisten dieser Streitereien Zuschauer einbezogen, die sich ihren Weg in die verschlossenen Ausgangstunnel zu erzwingen versuchten. Außerhalb der Galerie der Templer forderten Hunderte von Stimmen, daß die Tore geöffnet und Rikus und Neeva freigelassen werden sollten.

Tithian ignorierte den Tumult, der auf den Tribünen ausgebrochen war, und trat neben Agis. Mit sarkastischem Lächeln nahm er Sadiras Hand und sagte: »Lady Asticles, ich kann Euch gar nicht sagen, wie erfreut ich bin, Euch wiederzusehen.«

Er wollte ihre Hand küssen, aber Sadira zog sie ruckartig fort. »Ich nehme an, Ihr seid auf unsrer Seite«, fauchte sie. »Agis hätte Euch längst getötet, wenn Ihr zu Kalak hieltet.«

Tithian warf einen übertrieben verletzten Blick in Agis' Richtung, schien aber weder überrascht noch ärgerlich zu sein. Er sah Sadira erneut an und sagte: »In diesem Punkt, Mädchen, bin ich nicht gegen euch.«

»Öffnet die Ausgänge«, forderte Sadira. Sie deutete auf die Haupttribüne auf der anderen Seite der Arena, wo Larkyns Halbriesen versuchten, die Gänge frei zu räumen, indem sie mit ihren schweren Knochenkeulen auf die Zuschauer einschlugen.

»Die Tore können nicht wieder gehoben werden«, erklärte Tithian. »Kalak hat die Ketten durchtrennen lassen.«

Bevor Sadira antworten konnte, kamen Rikus und Neeva die Treppe herauf. Zwei von Larkyns Templern folgten ihnen. Beide bohrten kurze Schwerter in die Rücken der beiden Gladiatoren. Obwohl Neevas Schritte langsam und abgemessen waren, schien sie den größten Teil der Kraft, die sie verloren hatte, wiedergewonnen zu haben.

Agis beugte sich zu Sadira hinüber und flüsterte: »Halte deinen Dolch bereit und folge mir.«

Obwohl sie verwirrt zu sein schien, ließ die Zauberin eine Hand unter ihren Umhang gleiten und nickte.

Tithian führte die beiden Gladiatoren und ihre Wächter zur Brüstung des Vorbaus. Agis und Sadira folgten ihm, wobei sie darauf achteten, hinter Larkyns Männern zu bleiben.

Der Anführer spähte über Rikus' Schulter zu dem zusammengesunkenen Körper seines Befehlshabers. »Hoher Herr?«

Tithian sagte: »Er ist tot.«

Agis und Sadira hielten ihre Dolche für den Fall bereit, daß jemand außerhalb der schattigen Galerie sehen konnte, was geschah. Entschlossen traten sie hinter die beiden Templer und preßten die Spitzen ihrer Waffen an die Rükken der Männer.

Tithian sagte: »Ihr beiden habt eine einfache Wahl zu treffen: Bleibt ruhig und am Leben oder schlagt Alarm und sterbt.«

»Der König wird...«

»Uns wahrscheinlich alle töten«, unterbrach Tithian ihn. »Das hat nichts mit eurer Wahl zu tun. Laßt eure Waffen fallen oder sterbt.« Als beide Männer ihre Schwerter zu Boden klirren ließen, fügte der Hochtempler hinzu: »Eine weise Entscheidung. Falls ihr eure Meinung ändern solltet, denkt daran, daß ich Rikus und Neeva gerade ihre Freiheit geschenkt habe. Wenn ihr euch auch nur bewegt, werden sie euch im Handumdrehen töten. Wenn man das Durcheinander auf den Tribünen bedenkt, glaube ich kaum, daß es jemand bemerken würde.«

Tithian winkte die beiden Templer an die Brüstung der Galerie heran, wo sie leicht zu überwachen sein würden. Als die Templer dem Befehl erst einmal gefolgt waren, fragte Neeva: »Agis, was ist denn mit Larkyn? Ich dachte, Tithian wäre für die Spiele verantwortlich.«

Agis beschrieb, welche Probleme entstanden waren, als er Tithian gebeten hatte, ihre Flucht zu sichern, und erklärte, wie sie eine provisorische Lösung gefunden hatten, indem sie Larkyn auf die Galerie gelockt und ihn getötet hatten.

Als Agis seinen Bericht beendet hatte, sagte Tithian: »Im Moment ist Larkyn kaum das Problem. Aber was werdet ihr wegen Kalak unternehmen? Ich bezweifle, daß euer harmloser Nadelstich ihn davon abhalten wird, seinen Plan weiterzuverfolgen.«

»Wir werden ihn erledigen müssen«, sagte Rikus kalt.

Neeva betrachtete den Mul voller Überraschung. »Ist das derselbe Mann, der gesagt hat, er wollte nicht dazu beitragen, daß einer seiner Freunde getötet würde?«

»Ich führe zu Ende, was ich angefangen habe. Das weißt du«, erwiderte Rikus. »Und außerdem, wenn wir Kalak jetzt nicht vernichten, wird er nicht eher ruhen, bis er uns vernichtet hat. Also laßt uns gehen.«

»Der Goldene Turm ist ein großes Gebäude«, sagte Tithian. »Vielleicht würde es euch helfen, wenn ihr wüßtet, wo der König zu finden ist.«

»Natürlich würde uns das helfen«, sagte Agis. »Willst du damit sagen, daß du uns helfen kannst?«

Der Hochtempler nickte. »Ich verlange im Gegenzug etwas.«

»Ist es nicht genug, am Leben zu bleiben?« fauchte Sadira. »Helft uns oder sterbt, das ist ganz einfach.«

Tithian sah sie herablassend schmunzelnd an. »Nichts ist jemals so einfach.«

»Dieses Mal schon«, sagte Rikus und trat auf den Hochtempler zu. »Keine purpurfarbene Raupe wird mich davon abhalten, Euch jetzt zu töten.«

Agis trat zwischen den Mul und Tithian. »Wir sollten ihn zu Ende anhören.«

Rikus schüttelte den Kopf und begann den Adligen zu umkreisen, bis Neeva ihre Hand auf seine Brust legte. »Was wollt ihr, Tithian?« fragte sie, während sie aus den Augenwinkeln unverwandt Larkyns Männer beobachtete.

Lächelnd sagte der Templer: »Ich verlange nicht viel, aber es kam mir eben in den Sinn, daß Tyr einen neuen König brauchen wird, wenn ihr Kalak getötet habt.«

»Niemals!« schrie Sadira.

Rikus und Neeva stimmten in den Protest mit einem angewiderten Schnauben ein, und Agis fragte: »Warum sollten wir einen Tyrannen gegen einen anderen eintauschen wollen?«

»Weil Tyr ohne König dem Chaos verfallen wird«, erwiderte der Hochtempler, ohne sich durch ihre Reaktion beirren zu lassen. »Jemand wird die Stadt leiten müssen. Sonst wird sie genauso sicher zugrunde gehen, wie es der Fall wäre, wenn Kalak ein Drache würde. Wer könnte diese Position besser bekleiden als ein Templer? Wir leiten die Stadt schon seit tausend Jahren...«

»Und wir wissen alle, was ihr daraus gemacht habt!« warf Agis ein.

»Dann helft mir, es besser zu machen«, drängte Tithian. Es klang beinahe ehrlich.

Agis verspürte plötzlich das bekannte Kribbeln, das ihm sagte, daß seinem Körper Lebenskraft entzogen wurde. Er sah Sadira an. »Ich habe es auch gespürt«, sagte sie. »Irgend jemand entzieht uns Energie.«

Schreie des Entsetzens brachen im Stadion los. Agis ging zur Rückseite der Galerie und zog einen der schweren Vorhänge beiseite, die die Plätze der Templer von den Haupttribünen abschirmten. An mehreren Stellen griffen sich ältere Männer und Frauen an die Brust und brachen dann zusammen. Kräftigere Zuschauer schrien verärgert auf und griffen Halbriesen und Templer mit Steinen oder mit Sitzen an, die sie aus den Verankerungen gerissen hatten. Sie drängten und schoben sich in die Ausgangstunnel und versuchten vergebens zu erzwingen, daß die Tore geöffnet wurden. Die Menge erreichte nur, daß jene zerquetscht wurden, die die Gänge als erste betreten hatten. An vielen Stellen griffen auch Larkyns Wächter die Menschen an, indem sie Blitzpfeile abschossen oder sie mit Keulen bearbeiteten.

Inmitten all dieser Verwirrung deuteten viele Hände auf die Spitze der großen Zikkurat. Ein kleiner Geysir aus burgunderroten Flammen schoß aus der Spitze des Gebildes hervor. Kurz darauf nahm eine Wolke gelben Rauchs den Platz der Feuersäule ein und schwoll immer mehr an.

Rikus und Neeva fragten: »Was geht dort vor?«

»Kalak hat mit seiner Umwandlung begonnen«, erklärte Sadira und deutete auf die Obsidianpyramide. »Er entzieht den Zuschauern das Leben.«

Agis schaute in die Richtung, in die die Zauberin zeigte. Die Luft um die Pyramide schimmerte vor reiner Energie, und Wellen flachsartigen Lichts flimmerten über die glasartige Oberfläche des Gebildes. Tief in dem schwarzen Herzen des Bauwerks glühte ein beständiges goldenes Licht, das langsam heller wurde.

»Nun?« fragte Tithian. »Je länger wir zögern, desto schwächer werden wir und desto stärker wird Kalak.«

»Du wirst Tyr zu einem besseren Ort machen müssen«, sagte Agis. »Und das erste wird sein, die Sklaven zu befreien.«

»Natürlich«, erwiderte Tithian. »Darauf hast du mein Wort.«

Der Goldene Turm war genauso groß, wie es von außen den Anschein gehabt hatte. Er hatte einen Grundriß, der an die verflochtenen Zweige eines Farobaumes erinnerte. Es gab in ihm schwach beleuchtete, spiralförmig angeordnete Gänge, düstere, in verzerrten Formen gestaltete Räume und dunkle Winkel, die keinem anderen Zweck zu dienen schienen als dem, daß sich Vorübergehende fragten, was wohl in ihnen lauerte.

Dennoch bereitete es der Gruppe kaum Schwierigkeiten, Kalaks Spur zu folgen. Die Spur einer schwarzen, dampfenden Flüssigkeit, vermutlich sein Blut, führte tiefer und tiefer in den Palast hinein. Jedesmal, wenn sie eine Ecke umrundeten, duckte sich der Adlige, weil er erwartete, einer verborgenen Bestie von Kalak zu begegnen, die sein Heim bewachte. Tithian bewegte sich hingegen mit der Geschwindigkeit und dem Vertrauen eines Mannes voran, der wußte, welche Überraschungen der Palast enthielt.

Nachdem sie schließlich zum Fundament des ehrwürdigen Turms hinabgestiegen waren, erreichten sie ein höhlenartiges, kreisrundes Gewölbe. Es wurde durch ein Deckenpaneel aus Alabaster beleuchtet, das in ein Gitter kupferbeschlagener Balken eingelassen war. In den schattigen Quadraten zwischen den Balken waren die geschnitzten Reliefs von Wesen und Rassen zu erkennen, die Agis nie zuvor gesehen hatte. Vom Boden bis zu den Deckenrändern erhoben sich geriffelte Granitsäulen, die mit Blättern und fremdartig geformten Blumen versehen waren und dazu dienten, die Balken zu stützen. Zwischen diesen Säulen standen Dutzende von leeren Regalen, die lediglich einige alte Stahlwaffen enthielten.

Tithian legte einen Finger an die Lippen und führte die vier Gefährten dann zur anderen Seite des Raumes. In den Schatten nahe der Wand lagen die riesigen Körper von Kalaks beiden Halbriesenwächtern. Die zerschmetterten Überreste einer Obsidiankugel lagen im ganzen Umkreis verstreut, und zwei weitere, noch intakte Kugeln lagen daneben. Zwischen den beiden Körpern befand sich der dunkle Kreis einer geöffneten Falltür.

Als sie stehenblieben, um die Körper anzusehen, sagte eine Stimme: »Sacha, ist das nicht dein ehrenwerter Nachkomme, Tithian von Mericles?«

Agis und die anderen zogen ihre Waffen, um sich zu verteidigen.

»So ist es, Wyan«, antwortete eine andere Stimme. »Er ist es. Und noch dazu ein anderer gutaussehender Bursche.

Vielleicht wäre er tief im Herzen dazu bereit, bei jenen Halbriesen eine Vene zu eröffnen und uns zu nähren.«

Zu seiner Verwunderung sah Agis, daß die Stimmen von zwei Köpfen kamen, die auf einem schattigen Regal saßen. Er ergriff ein Schwert und wollte sich den Scheusalen nähern, aber Tithian legte eine Hand auf seine Schulter und hielt ihn zurück.

»Was sind sie?« fragte Agis.

»Kalaks Freunde«, antwortete der Hochtempler. »Als ich das letzte Mal hier war, nannten sie mich einen schlangengesichtigen Zwerg.«

»Das war Sacha!« wandte Wyan ein. »Ich würde es Euch nicht vorwerfen, wenn Ihr ihn verhungern ließet.«

»Ignoriere sie. Sie sind harmlos, solange du ihnen nicht zu nahe kommst.« Tithian stieß mit seinem Zeh vorsichtig den vertrockneten Körper eines Halbriesen an. Er fiel auseinander wie ein Wespennest. »Was hat das bewirkt?«

Sadira deutete auf eine der Obsidiankugeln. »Kalak hat ihnen das Leben entzogen«, sagte sie.

Tithians Blick flackerte, als er eine der ebenholzfarbenen Kugeln aufnahm. »Zeige mir, wie man sie benutzt, und ich werde...«

»Nicht einmal in hundert Jahren – selbst wenn das die Art wäre, wie die Drachenmagie funktioniert«, sagte Sadira.

Der Templer runzelte die Stirn. »Drachenmagie?«

»Obsidian ist nicht magisch. Er ist nur ein Mittel zum Zweck. Wie jedes Werkzeug ist er nur so mächtig wie die Person, die ihn benutzt«, erklärte die Zauberin und wiederholte damit die Worte, die Nok gebraucht hatte, um die Eigenschaften des glasartigen Felsgesteins zu erklären. »Für einen Jäger ist er nur ein Messer oder eine Pfeilspitze. Für einen Drachen ist er eine Linse, die Lebenskraft in Magie umwandelt – aber ihr werdet ihn niemals dazu benutzen können.«

»Warum nicht?« fragte Tithian und deutete auf Sadiras Stock. »Du tust es.«

Die Halbelfin schüttelte den Kopf. »Die Zauber befinden sich in dem Stock. Er zieht die Energie durch den Knauf, nicht ich«, sagte sie, und in ihrer Stimme lag ein wenig Bedauern. »Drachenmagie beruht auf Psi-Kräften und Magie gleichermaßen. Um sie zu gebrauchen, muß man Meister darin sein, seinem Körper Energie zu entziehen, und ein Genie darin, sie zu Zaubern umzugestalten. Es ist die schwierigste Art der Zauberei, aber es ist auch die mächtigste.«

»Und je mehr Zeit wir hier verbringen, desto mächtiger wird Kalak«, sagte Agis und zog das alte Schwert, das er von einem der Regale genommen hatte, aus der Scheide. »Ich schlage vor, daß wir weitergehen.«

Neeva wählte sich eine große Axt mit Stahlklinge aus. »Ich bin bereit.«

Tithian deutete auf das Loch im Boden und sagte: »Es führt zu einem mit Obsidian ausgekleideten Tunnel. Der Tunnel wiederum führt zu einem der unteren Räume der Zikkurat. Ich vermute, daß ihr Kalak dort finden werdet.«

»Ihr meint: wir«, sagte Rikus tonlos. Er nahm ein gebogenes Schwert aus einem Fach und reichte es Tithian. »Wenn Ihr ein König werden wollt, dann müßt Ihr diese Rolle jetzt übernehmen.«

»Könige riskieren ihr Leben nicht...«

»Du wirst eine neue Art von König sein«, sagte Agis und drängte den Hochtempler vorwärts.

Rikus ergriff den Kernholzspeer. Sie hatten die Waffe auf dem Boden der Galerie des Königs gefunden. »Ich gehe voran. Nok sagte, der Speer würde mich vor der Magie und dem Weg schützen. Verbergt euch hinter mir, und ich werde euer Schild sein.«

Neeva folgte ihm als erste, dann Tithian, dann Agis und dahinter Sadira. Als er sich in das Loch fallen ließ, bemerkte der Senator keuchend, wie schön der unheimliche Anblick dessen war, was vor ihnen lag. Sie standen in einem düsteren Tunnel, der von Obsidianziegeln gesäumt war. Ein halbes Dutzend Schritte vor ihnen strömte ein funkelnder Strom goldener Energie aus einem darüberliegenden Schacht und floß zischend den Gang hinab. Am entgegengesetzten Ende floß das Licht dann durch eine weitere Falltür wieder aufwärts. Aus dieser Öffnung schien ein scharlachrotes Leuchten, das von dünnen Fäden rotgoldenen Nebels durchzogen war. Ein schreckliches, tiefkehliges Grollen erklang aus dem darüberliegenden Raum und ließ den Tunnel vibrieren.

Den Kernholzspeer mit beiden Händen umfassend, führte Rikus die Gruppe auf das entgegengesetzte Ende des Ganges zu. Er hielt nicht einmal inne, als er in den goldenen Energiestrom trat, was Agis einfach für tollkühn hielt. Als Agis und die anderen Rikus in das Licht folgten, schauderte sie mit einem kitzeligen, angenehmen Gefühl. Tithians langer Zopf kastanienbraunen Haars stieg in die Luft und begann sich in einem makabren Tanz zu winden. Agis spürte, daß seine Locken das gleiche taten. Trotzdem erlitten die Gefährten keine Schäden. Agis fühlte sich sogar etwas gestärkt.

Sie hatten bereits den größten Teil des Tunnels hinter sich gebracht, als Rikus schrie: »Vorsicht!« Er verlagerte seinen Griff um den Kernholzspeer und hielt ihn jetzt quer vor seinen Körper.

Am entgegengesetzten Ende des Ganges baumelte eine Klauenhand, so groß wie die eines Halbriesen, aus der geöffneten Falltür heraus. Die knorrigen Finger vollführten eine Reihe von Gesten und deuteten auf die Gefährten. Ohne Vorwarnung krachte eine grüne Feuerkugel den Gang hinab. Neeva und Tithian verbargen sich hinter Rikus, und Agis kauerte sich so nahe wie möglich an sie heran. Sadira preßte ihren Körper an Agis' Rücken. Als die Feuerkugel über ihn hinwegfegte, sah alles in Agis' Umgebung grün und verzerrt aus, als befände er sich unter Wasser. Einen Moment lang schien es, als seien sie alle in einem geschmolzenen grünen Saphir gefangen. Dann wurde alle Luft aus Agis' Brust gesogen, und er konnte auf einmal nicht mehr atmen. An den Stellen, wo er nicht durch den Körper eines der anderen geschützt worden war, fühlte sich seine Haut an, als sei sie versengt worden. Schließlich atmete er, fast gegen seinen Willen, lang und tief ein. Seine Lungen explodierten vor Schmerz, und das ließ ihn würgen. Die glühende Luft enthielt einen quälenden, beißenden Dampf, der seine Augen tränen und seinen Magen brennen ließ, wie er seine Lungen versengte.

Kurz darauf rauschte die Feuerkugel vorbei. Die Hand baumelte noch immer aus der Öffnung und machte in Vorbereitung eines weiteren Zaubers makabre Gesten. Rikus hob den Speer, hielt aber inne, als Sadira Noks Namen rief und ihren Stock aktivierte.

Agis duckte sich und zog Tithian neben sich hinab. Alle anderen waren klug genug, sich gleichfalls zusammenzukauern.

»Blitzschlag!« rief Sadira.

Ein ohrenbetäubendes Dröhnen erschütterte den Tunnel, und ein saphirblauer Blitz schoß über Agis' Kopf hinweg. Er traf die Hand und explodierte in einem blendenden Schauer blauweißer Funken. Haut- und Knochenfetzen flogen in alle Richtungen, und unmenschliches Heulen hallte durch den Tunnel.

Rikus rannte los und ließ die anderen, die noch über seine Kühnheit staunten, weit hinter sich. Als der Mul das Ende des Ganges erreicht hatte, griff Kalak bereits mit der anderen Hand hinab, um die Falltür zu schließen. Seine von feuchten, weichen Schuppen bedeckte Hand glühte in einem hellroten Licht.

Bevor der König die Tür jedoch zuziehen konnte, stieß Rikus den Speer durch die Hand hindurch. Ein weiteres Aufheulen, nicht ganz so schmerzerfüllt wie das erste, rollte den Gang hinab. Die Hand verschwand, während schwarzes Blut herabtropfte. Gleich darauf ließ Kalak eine Wolke gelben Gases durch die Tür wogen. Der Mul taumelte zurück zu seinen Gefährten, hustete und rang keuchend nach Atem. Bevor die Wolke die anderen erreichen konnte, wurde sie von dem goldenen Energiestrom, der aus dem Schacht hinter Sadira und den anderen herausfloß, zum König zurückgetragen.

»Schnelle Reaktion, Rikus«, lobte Agis, der noch immer unter der Wirkung der grünen Feuerkugel litt. »Ich weiß nicht, was wir getan hätten, wenn Kalak die Tür geschlossen hätte.«

Der Mul nahm das Kompliment mit einem Grunzen zur Kenntnis und fragte dann: »Ist jemand verletzt? Ihr seht alle ziemlich mitgenommen aus.«

Agis stellte fest, daß die Feuerkugel sein Gewand an Armen und Beinen verbrannt hatte. Die Haut darunter war rot, und es bildeten sich an mehreren Stellen bereits weiße Blasen. Tithian war ungefähr in der gleichen Verfassung und ebenso die beiden Frauen.

»Es geht uns gut, Rikus«, sagte Neeva. »Wir sollten weitergehen.« Der Mul führte sie zum Ende des Ganges und schaute dann in die schmale Öffnung hinauf. »Wir können nicht alle auf einmal hinaufsteigen.«

»Ich werde vorangehen«, bot Agis an und trat an Tithian und Neeva vorbei. »Mit zwei verletzten Händen kann Kalak nicht mehr viele Zauber heraufbeschwören oder mit Waffen kämpfen. Damit bleibt für ihn nur noch der Weg übrig, mein Fachgebiet.«

Rikus nickte. »Ihr habt recht«, sagte er und streckte Agis den Speer entgegen. »Nehmt ihn jetzt.«

Agis schüttelte den Kopf. »Wir können das Risiko nicht

eingehen, daß ich ihn verliere«, sagte er. »Ich kann Kalak auch ohne Speer lange genug aufhalten, bis der nächste hinaufgestiegen ist.«

»Das verstehe ich, aber...«

»Ich kann es tun, Rikus«, beharrte Agis.

Der Mul betrachtete ihn einen Moment lang und nickte dann. »Wenn Ihr es sagt.« Er lehnte den Speer gegen seine Schulter und bildete mit den Händen einen Steigbügel.

Bevor Agis hinaufstieg, spürte er eine warme Hand auf seiner Schulter. »Seid vorsichtig«, sagte Sadira.

Lächelnd reichte der Adlige Sadira das Schwert, das er aus Kalaks Schatzgewölbe mitgenommen hatte. Rikus hob Agis hoch, und er zog sich behende in den Geheimraum hinauf.

Der Raum fühlte sich so heiß an wie ein Schmelzofen. Obwohl die Intensität dieser Hitze nicht mit jener der Feuerkugel zu vergleichen war, schmerzten Agis' Lungen beim Einatmen, und die Hitze versengte seine Haut – besonders dort, wo sie bereits verbrannt war. Der Raum war ziemlich groß, vollständig aus glasierten Ziegeln gebaut und angefüllt mit Wirbeln der durchscheinenden, goldenen Energie, die von dem Schacht hereinfloß. Dutzende von Gemälden, die einen riesigen Drachen darstellten, der Ländereien, Karawanen und sogar ganze Städte vernichtete, schmückten die Wände und Decken.

Soviel dunkles Blut bedeckte den Boden, daß Agis sich fragte, warum Kalak noch leben konnte. Die schwarzen Pfützen brodelten und dampften und sandten Fäden schmierigen Dunstes an der Decke entlang bis zur Mitte des Raumes, wo sich ein Schacht wie ein wuchtiger Schlot in den fernen Himmel erhob.

Dutzende von Obsidiankugeln lagen über den Boden verstreut. Sie variierten in der Größe von der einer kleinen Farofrucht bis zu der einer riesigen Melone. Zwischen diesen glasartigen Kugeln verstreut lagen ein halbes Dutzend leerer Hüllen, die wie dicke Würmer geformt und aus weichen, rötlichen Schuppen gemacht waren. Die kleinste dieser Hüllen war knapp über fünf und die größte mehr als zehn Fuß lang.

Kalak selbst lag auf der entgegengesetzten Seite des Raumes. Sein schlangenförmiger Körper, der jetzt bereits mehr als zwölf Fuß maß, war von glänzenden Schuppen bedeckt, die den ganzen Raum mit ihrem feurigen Glanz erhellten. Der König achtete nicht auf Agis, denn er wandt sich und schlug um sich, um sich von der letzten Hülle zu befreien.

Als er erkannte, daß sie Kalak zu einem Zeitpunkt angetroffen hatten, wo er besonders verwundbar war, streckte Agis die Hand durch die Öffnung und bedeutete den anderen, sie sollten ihm folgen. Sadira reichte ihm sein Schwert. Während die anderen in den Raum hinaufkletterten, ging der Senator auf den König zu.

Er konnte Kalak in den grotesken Larvenverschlingungen auf dem Boden kaum erkennen. Das Gesicht des alten Mannes war zu einem schlangenähnlichen Oval abgeflacht, und seine Ohren waren vollständig verschwunden. Reptilienartige Schuppen bedeckten jetzt seinen runzligen Kopf. Das goldene Herrscherdiadem von Tyr lag neben ihm auf dem Boden. Während sein Hals lang und gewunden geworden war, waren seine Arme und Beine fast völlig verschwunden. Im Moment schienen sie nicht mehr zu sein als vertrocknete, nutzlose, verkümmerte Glieder. Eine brodelnde, schwarze Flüssigkeit sickerte aus der Speerwunde in der Brust der Drachenlarve, aus dem Stumpf ihres rechten Arms und aus dem Loch in ihrer linken Hand.

Die Larve beachtete Agis nicht, als er sich näherte. Sie schien sich in Schmerzen zu winden, sowohl von den Wunden als auch von dem Prozeß des Abstreifens der Haut. Sie öffnete langsam das Maul und enthüllte zwei Reihen gezackter Zähne. Dann legte das abstoßende Wesen sein Maul auf eine Obsidiankugel, die so groß war wie sein Kopf. Zum Erstaunen des Adligen verschluckte es die schwarze Kugel, und eine runde Ausbuchtung begann langsam den langen Hals der Bestie hinabzugleiten.

Rikus und die anderen kamen hinter Agis heran. Sie betrachteten das scheußliche Wesen einen Moment, und dann sagte Sadira: »Wir sollten ihn töten, solange wir es noch können.« Entschlossen hob sie ihren Stock und ging voran.

Die Larve hörte auf sich zu winden und schwenkte den Kopf zu ihnen herum, wobei ihre dunklen Augenhöhlen ärgerlich flackerten. »Mich töten, einfältiges Mädchen?« höhnte sie, und Wolken schwarzen Dampfes entströmten ihrem Maul. »Vielleicht vor fünfhundert Jahren, aber nicht mehr jetzt.«

Sie richtete ihren haßerfüllten Blick auf die Zauberin, und Agis erkannte sofort, daß der Hexerkönig angreifen wollte. Er hatte sie nur so nahe herankommen lassen, weil er die Absicht hatte, den Weg zu benutzen, um sie endgültig zu vernichten.

Fünf Rammen, in die jeweils das Bild des Kopfes eines gehörnten Drachens eingelassen war, tauchten vor der Larve auf. Agis brauchte einen Moment, um zu erkennen, daß sie geistige Gebilde und nicht physisch waren, denn es war so viel Energie in dem Raum, daß sie sich materialisiert hatten.

Der Adlige wußte, daß er in der Lage war, dem überwältigenden Angriff, den der König vorhatte, standzuhalten, aber wenn seine Freunde überleben sollten, würde er etwas Verzweifeltes versuchen müssen. Agis visualisierte eine Sanddüne und eröffnete einen Weg von seinem Energienexus in den Raum selbst. Kalaks Rammen schossen vorwärts. Im gleichen Augenblick schien sich der ganze Raum mit Sand zu füllen. Drei der Angriffe des Königs gerieten sofort ins Stocken. Vor Rikus verschwand eine Ramme einfach, als sie sich dem Kernholzspeer näherte. Nur die auf Sadira gerichtete Ramme erzwang sich ihren Weg durch Agis' paranormalen Sand hindurch und traf ihr Ziel. Die Zauberin wurde durch den Raum geschleudert und krachte gegen die Wand. Dort brach sie zusammen.

Eine furchtbare Woge der Müdigkeit und Benommenheit überfiel Agis. Seine Knie gaben nach, und er ließ die Verteidigung fallen. Als er darauf zu Boden sank, landete er in einer heißen Pfütze mit dem Blut des Königs.

Rikus eilte zu der Drachenlarve hinüber, dicht gefolgt von Neeva und Tithian. Mit einem Arm schützte er sein Gesicht vor der Hitze, die von dem Körper der Bestie ausging, und so trat er auf den Kopf der Drachenlarve zu. Er bedeutete dem Hochtempler, zum Mittelteil des Wesens, und Neeva, zu ihrem Schwanz zu gehen.

Kalak bewegte sich nicht, als sich das Trio näherte, denn er war von dem paranormalen Kampf offensichtlich genauso erschöpft wie Agis. Als Rikus dann den Speer hob, hob die Larve jedoch ihren Kopf. »Du kannst doch nicht annehmen, daß ich zulasse, daß du zuschlägst.«

»Ich glaube nicht, daß du uns aufhalten kannst!« sagte Neeva und schwang ihre Axt.

Sie ließ einen drei Fuß langen Abschnitt des Schwanzes über den Boden schliddern. Kalak brüllte vor Schmerz, und im selben Moment warf Rikus seinen Speer auf den Hals der Larve. Der Drachenkönig schlug seinen massiven Kopf in die Seite des Mul und brachte ihn aus dem Gleichgewicht. Bevor Rikus sich erholen konnte, versenkte die Bestie ihre scharfen Zähne tief in seine breite Brust und hob ihn vom Boden hoch. Der Mul schrie, ließ den Speer fallen und schlug mit bloßen Fäusten auf den schuppenbewehrten Kopf des Königs ein.

Neeva hob ihre Axt, um erneut zuzuschlagen, aber dieses Mal war die Larve vorbereitet. Sie schlug mit dem, was von ihrem mächtigen Schwanz übriggeblieben war, quer über das Gesicht der Gladiatorin. Der Schlag zerschmetterte ihre Nase und ließ sie bewußtlos und blutend zu Boden stürzen.

Tithians Gesicht wurde so bleich wie Alabaster. Ohne einen Schlag auszuführen, ließ er sein gebogenes Schwert fallen und wich zurück.

»Feigling!« schrie Agis, der vergebens standzuhalten versuchte. »Wenn Rikus und Neeva ihn nicht töten können, was erwartest du dann, was ich tun soll?« konterte der Hochtempler und trat auf Neevas flach dahingestreckte Gestalt zu.

Agis atmete mehrere Male tief durch und konzentrierte sich darauf, so viel Macht wie möglich durch seinen Energienexus heraufzuziehen. Er erhob sich wieder auf die Knie.

Gleichzeitig hob Tithian Neevas Axt auf. Die Gladiatorin lag bewußtlos in einer Pfütze ihres eigenen Blutes, und ihre Brust hob sich unter schnellen, flachen Atemzügen. Der Hochtempler ergriff mehr aus Angst als aus Mut die alte Waffe und trat an Sadiras Seite. Die stöhnte, setzte sich auf und hielt sich den Kopf.

Tithian schaute von einem der verletzten Aufrührer zum anderen, während Rikus' Schreie von den Wänden widerhallten und seine Ohren erfüllten. Es schien, als seien hundert Mule in dem Raum, deren jeder einen besonders schrecklichen, schmerzvollen Tod starb.

Schließlich hob der Hochtempler Neevas schwere Waffe. Zu Agis' Überraschung eilte Tithian vorwärts und schlug mit der flachen Seite der Axt auf eine Obsidiankugel. Sie zerbarst in ein Dutzend Scherben. Der Hochtempler ging zur nächsten und zerschmetterte sie ebenfalls.

»Was tust du?« rief der Senator schwach.

»Es gibt mehr als eine Art zu kämpfen«, antwortete Tithian und trat von dem Adligen fort. Er ging zu der am weitesten von dem Drachen entfernten Ecke und zerschmetterte dort eine weitere schwarze Kugel.

Agis' Verwirrung dauerte nicht mehr lange an, denn plötzlich stieß Kalak den mißhandelten Körper des Mul beiseite. »Halt!« rief der König. »Ich befehle es!«

Tithian zerschmetterte noch eine Kugel. »Warum sollte ich?« rief er. »Werdet Ihr mein Leben verschonen? Werdet Ihr mir die Kontrolle über Tyr übertragen, wenn Ihr fort seid?«

Der König kroch langsam, aber entschlossen auf den Hochtempler zu. »Ihr wißt es besser«, zischte er. »Aber ich verspreche Euch einen schmerzlosen Tod.«

Tithian zerstörte eine weitere Kugel und eilte dann zu einer anderen Ecke des Raumes.

»Ihr seid ein Hochtempler!« schrie der König. »Ihr müßt den Befehlen Eures Königs gehorchen!« Die Bestie änderte die Richtung und folgte Tithian, wodurch sie Agis den Rükken zuwandte. Die Arme des Hochtemplers begannen so stark zu zittern, daß Agis sehen konnte, wie die Axt zu schwanken begann. Dennoch ließ er die Axt auf eine weitere Obsidiankugel krachen. Er stand nun inmitten eines Gewirrs schwarzer Fragmente und machte keinerlei Anstalten, die Ecke zu verlassen.

Agis zwang sich, aufzustehen, und richtete seinen Blick auf den Kernholzspeer. Er stolperte zu ihm hinüber und flüsterte sich wieder und wieder zu, daß er nicht müde sei und daß er noch viel Kraft übrig habe. Er nahm den hölzernen Schaft auf. Er schien unglaublich schwer, zumindest für die erschlafften Muskeln des Adligen.

Schließlich erreichte die Larve Tithian. Der Drachenkönig erhob sich zu seiner vollen Größe und öffnete sein Maul. Der Hochtempler schrie entsetzt auf, und Neevas Axt entglitt seinen Händen. Er fiel zu Boden und rollte sich zu einer Kugel zusammen.

Agis umfaßte den Speer mit beiden Händen und griff genau in dem Moment an, als das Wesen, das Kalak war, seinen Kopf senkte, um Tithian zu beißen. Der erschöpfte Adlige stieß einen wilden Kampfschrei aus und versenkte den Kernholzspeer in den Hinterkopf des Drachen. Der Eichenschaft glitt weich und mühelos in den schweren Schädel. Agis trat zwei weitere Schritte vor und trieb die Spitze so tief wie möglich in das Gehirn des Drachenkönigs.

Ein Schauder rann durch den schlangenartigen Körper. Kalak gab ein einziges, donnerndes Brüllen von sich, das den Raum bis ins Fundament erschütterte und eine Kaskade loser Ziegel von der Decke stürzen ließ. Der Kopf der Bestie fiel vor Tithians Füßen zu Boden, wobei ein Ende des Speers aus ihrem Maul herausragte. Agis fiel zitternd und nach Atem ringend auf die Knie. Tithian nahm die Hände vom Gesicht und betrachtete Kalaks leere Augen. Kurz darauf, als der Gedanke, daß der Drachenkönig tot war, in seinem Geist Gestalt annahm, wich alle Angst aus dem Gesicht des Hochtemplers, und er nahm Neevas Axt wieder an sich. Vorsichtig schlug er mit der Klinge auf den Kopf der Larve. Als sie sich nicht rührte, hob er die Axt höher hinauf und ließ sie noch einmal hart auf den Hals der Bestie fallen. Der Schlag eröffnete nur eine kleine Wunde, aber der Drache reagierte überhaupt nicht.

»Der König ist tot«, sagte er und ließ die Axt fallen.

Agis nickte und stand ebenfalls auf. »Tyr ist befreit.«

Tithian trat an dem Adligen vorbei. Agis wandte sich um, um ihm zu folgen und sah, daß Sadira an Neevas Seite kniete. Die Zauberin untersuchte sanft die zerschmetterte Nase der Gladiatorin, während sie gleichzeitig den Mund der Frau geöffnet hielt, damit sie atmen konnte.

Rikus saß in einiger Entfernung, verzog das Gesicht vor Schmerz und war noch immer von dem Schlag, den Kalak ihm versetzt hatte, benommen. Mehr als ein Dutzend Wunden, aus denen dunkelrotes Blut heraussickerte, war an seinem breiten Oberkörper zu sehen. An manchen Stellen schimmerten kleine Flecke weißer Rippen hindurch. Er untersuchte seine Verletzungen mit stoischer Ruhe, riß dann Streifen von seiner Kleidung ab und begann sie so gut wie möglich zu verbinden.

Tithian ging auf Armeslänge an dem Mul vorbei, beachtete ihn aber nicht im geringsten. Statt dessen eilte der Hochtempler zu der Wand, an der Kalak sich gehäutet hatte. Er fiel auf die Knie und begann seine Hände durch die dampfenden Pfützen dunklen Blutes gleiten zu lassen, die den Boden bedeckten.

Agis fluchte leise über die Härte des Hochtemplers und trat dann neben den Gladiator. Der Adlige begann Streifen von seiner eigenen Kleidung abzureißen und half dem Mul dann, seine vielen Wunden zu verbinden.

»Ihr habt Kalak getötet«, keuchte Rikus. Er drückte dem Adligen die Hand. »Gut gemacht.«

»Nein, wir haben Kalak getötet«, korrigierte Agis, der den Händedruck des Mul herzlich erwiderte. Er schaute zu Sadira und Neeva hinüber und fügte dann hinzu: »Ohne einander hätten wir es nicht geschafft.«

An der Wand stand Tithian mit einem selbstzufriedenen Lächeln auf dem Gesicht. In seinen Händen hielt er das goldene Diadem, das Kalak tausend Jahre lang getragen hatte. Sowohl die Krone als auch seine Finger waren mit schwarzem Blut beschmiert. »Lang lebe der König!« flüsterte er und setzte sich das Diadem auf den Kopf.